Marc Chebsun

Et bang !

MULTIKULTI ÉDITIONS

« Lorsque j'avais seize ans, un jour où je me baignais dans l'océan, j'ai constaté une chose qui m'a servi toute ma vie. Parcourez deux fois la même distance : une fois en nageant dans le sens des vagues, une fois à contre-courant en affrontant la force qui vous a porté lors de la première distance parcourue... Vous constaterez que vous allez bien plus vite dans l'adversité que dans le confort du mouvement de la mer. La différence ? La volonté, la lutte. Tout est là.

La soif de vaincre, c'est ce qui nous habite. C'est ce qui nous habite et c'est ce qui nous a toujours guidés. »

Partie 1

Puzzle

Avec grand bruit et grand fracas
Un Torrent tombait des montagnes :
Tout fuyait devant lui ; l'horreur suivait ses pas ;
Il faisait trembler les campagnes.
Nul voyageur n'osait passer...[1]

Vingt-deux heures, il finit son service.

Il ne s'est attaché ni au lieu, ni à ses collègues : il n'est ici que pour un remplacement. Il parle peu ; sauf parfois à Rosa, l'autre serveuse. Il sourit poliment, ne cherche pas à savoir. Il fait son taf, il est aimable. Sa vie est ailleurs : à Bayonne, et dans la librairie qu'il veut créer. Son rêve est devenu un projet. Certaines années comptent double, voire triple : il n'a que vingt-sept ans et pourtant il sait. D'autres connaissent le luxe de se laisser flotter, d'être en apesanteur le temps d'une réflexion, le temps de laisser venir. Pas lui. Il sait qu'il ne doit pas se perdre. Il sait où il veut aller.

1. Jean de La Fontaine, *Le Torrent et la Rivière*, *Fables*.

Vingt-trois heures. Ambiance feutrée, on chuchote : les derniers clients du restaurant des Thermes viennent de partir pour rejoindre leurs chambres. Ici on rentre tôt : les soins sont matinaux. Le cuisto – un gars sympa venu du nord – ne peut pas le raccompagner à Bayonne comme il le fait souvent, en cachette du maître d'hôtel. Alors il ira dormir chez Soumeya à Ustaritz. Il sait qu'il peut compter sur elle autant qu'elle peut compter sur lui. Ils n'ont pas besoin de se le dire. C'est comme ça entre eux et depuis le début : une évidence.

Ustaritz n'est pas trop loin. Il quittera les Thermes de Manex en longeant la Nive. La lune est plutôt claire, le flot de la rivière tranquille en cette saison. Il aime cet endroit, son atmosphère.

Il redescend le parc pour rejoindre le bord de l'eau. Il observe le reflet des arbres, ou bien leur ombre, il ne sait pas très bien. L'un ou l'autre dessinent d'étranges silhouettes qui sculptent la nuit. *Une fourmi noire dans la nuit noire, Dieu la voit.* L'air est frais. Il n'est pas seul : les chants d'oiseaux sont là. Ici, au Pays basque, et dès le mois de juillet, les oiseaux migrateurs suivent un axe qui survole la région.

Il commence à remonter le chemin au fil de l'eau. Le bruissement ou le silence de ses pas accompagne le chant des volatiles qui fuse des arbres sombres. Des étoiles scintillent.

Saisi par cette atmosphère, son velours, il stoppe sa marche. Il écoute. Il enclenche le dictaphone de son smartphone, un vieux machin qu'il souhaite user jusqu'à la corde.

Capter l'instant, et rien que lui. Il savoure, il sourit. Il pense à sa vie, au chemin parcouru. Son foyer d'accueil, Jeannot, Madeleine, les cousins préférés ; l'autre famille il ne la connaît pas. Soumeya, la belle d'Ustaritz, la fille aux yeux de feu. Sa future librairie ; elle ouvrira, il en est sûr, c'est juste une question de temps. La continuité de l'existence, *La vie devant soi*, les surprises, les douleurs. *La douleur*. Les rencontres magiques… Il écoute.

Wou, wou, wou. Roooo, roooo.

Un soir d'insomnie, il a trouvé sur internet le nom des oiseaux qui chantent au clair de lune. Moqueur polyglotte, Merle noir, Grive solitaire. Il ne sait pas lesquels hantent cette région et il s'en moque. Il capte les sons.

Sur les bords de la Nive
La lumière de la lune
Guide mes pas loin de la lagune.

Il est temps de repartir, il se fait tard. Il ne peut pas arriver chez Soumeya à n'importe quelle heure.

La belle a du tempérament et de l'autorité, et ça lui plaît comme ça.

Soudain il est stoppé dans son élan. Il voit cette chose, là-bas. Une lueur trace une route fluide sur l'autre rive de la Nive. Une chose non identifiable. Une lumière vagabonde ; la déambulation suit le cours de l'eau. Il cligne les yeux pour mieux cerner l'image. Mais elle garde tout son mystère.

Un basculement. Il est jeté à terre. Les coups s'abattent. Ils sont deux, trois, quatre. Plus peut-être ? Ils redoublent de force. La douleur le terrasse. Elle surgit de toutes parts. Les os se disloquent, le corps craque.

Des flashs, un cri, un sourire. Le tranchant d'une lame. Et puis plus aucun son ne peut s'extraire de lui. Et puis c'est le néant.

Sur les bords de la Nive
La lumière de la lune
Guide mes pas loin de la lagune.

Sur les bords de la Nive
La lumière de la lune
Guide mes pas vers mon infortune.

1

Au centre du village se tient un monument bizarre, un truc vertical qui oscille entre gris et beige, sur lequel est apposée une plaque à la mémoire de Victor Iturria, *mort en héros durant la Seconde Guerre mondiale.* Une fois par semaine, le marché envahit l'espace en proposant un beau cocktail de saveurs locales : fruits, jambons de Bayonne, confitures de cerises noires et fromages de brebis. C'est là aussi, en plein milieu de la place, face au clocher de l'église, que se retrouve chaque soir d'été le Euskal Herria Crew, un trio hip hop natif dudit bled basque. Lucien et Kevin, deux MCs hargneux à souhait, rappent en duo depuis qu'ils ont lâché le biberon, flanqués de l'efficace mais pas virtuose DJ FilOne, Filipe Abadiano version état civil. Trois gars du cru, trois fils d'agriculteurs qui ont fait leurs premières dents et fumé leur premier joint ensemble ; deux blondinets et un rouquin addicts au rap *cainri*[2]. De fins connaisseurs plutôt doués – sans frôler l'exception. *Les trois Blancos*, comme on les appelait sans agressivité ni moquerie (juste une description efficace) dans les soirées hip hop de la capitale où le trio s'était risqué à trois reprises, avec un accueil plus que correct.

Une fois pourtant, l'ambiance avait failli mal tourner, bêtement, à propos d'un T-shirt *Black Power* que portait un gars noir, un danseur reconnu. Un peu éméché, le Lucien l'avait pris à partie en lui assénant :

– *Black Power*, et moi alors je mets quoi ? Un T-shirt *White Power* ?

Le type ne s'était pas du tout énervé.

– Tu mélanges tout, frérot. Quand un Blanc revendique le *White Power*, il signifie : *Tout le pouvoir aux Blancs*. La plupart des Noirs qui se reconnaissent dans *Black Power* signifient qu'*un* pouvoir, pas *le* pouvoir, doit être aux mains des Noirs. Une part du pouvoir. Tu saisis la nuance ?

Les trois amis étaient aussi de fins collectionneurs d'archives du rap (de légendaires mixtapes à Sneak Legend, une paire de baskets qui aurait appartenu à RZA, l'icône du mythique groupe Wu-Tang Clan) depuis les balbutiements du genre et jusqu'à aujourd'hui !

---

2. Américain.

Plein d'enthousiasme, Dj FilOne avait d'ailleurs branché le maire à ce sujet :

« Imaginez Monsieur le Maire, le premier musée du rap en France, ici, chez vous, chez nous ! »

Le maire – un type sympa mais pas franchement visionnaire – n'avait pas été emballé. « Nul n'est prophète en son pays », avait conclu Kevin. Lucien, lui, un authentique radical pessimiste, n'attendait rien de cette histoire.

« Me faire récupérer par l'institution ? Ça, jamais ! »

Kevin et FilOne s'étaient finalement ralliés à sa position. Fin de l'histoire.

Les trois compères n'étaient pas des prodiges mais avaient assuré leur parcours scolaire sans difficulté majeure. FilOne, le grand rouquin, excellait même dans les mathématiques. Lucien, l'introspectif, touchait sa bille en histoire et en anglais. Quant à Kevin, à force de potasser les dictionnaires pour enrichir ses lyrics, ses capacités grammaticales et son vocabulaire avaient fortement progressé.

Après le bac s'était un jour posée l'inévitable question… Et maintenant ? Traduction : Et maintenant quoi faire ? Les débouchés dans le coin étaient d'un genre très limité et les parents comptaient bien sur le trio pour prendre la succession des trois fermes. On ne les poussait donc pas aux grandes études, encore moins à l'expatriation. On laissait les choses venir mais rien ne se pointait à l'horizon : pas la moindre vocation agricole ne se dessinait au grand désespoir des familles. Pourtant, entre l'opération *Bienvenue à la ferme* et les projets de reconversion bio, l'avenir pourrait bien s'avérer (un peu) plus souriant. Rien à faire : les trois potos faisaient la sourde oreille sous leurs écouteurs vibrant au son d'un tempo rap. De quoi désespérer leurs géniteurs.

Et désespérés, ils le sont !

Ce matin, dans la cuisine autour d'une tasse de café et de quelques croissants bien frais pour se remonter le moral, les trois mères tentent de se rassurer :

– Ça fait quand même dix ans que ça ne les lâche pas.

– Si au moins ils avaient choisi une autre musique...

– Une musique de Blancs, quoi, ils auraient un peu plus de chance.

– Ah mais non, ça a changé : aujourd'hui y a beaucoup de Blancs qui font du rap. C'est plus du tout comme avant.

– Oui mais quand même, t'avoueras...

– J'avoue.

La messe était dite. Quant aux pères...

– André ne sait plus quoi faire.

– Henri, lui, il n'a jamais rien essayé.

– Pour sûr, on n'est pas aidées.

Mais ce que les mères ne savaient pas, ni les pères, ni les oncles, ni personne, pas même le chat ronronnant sur le pas de la porte, seules les étoiles en avaient été témoins.

C'était arrivé au cœur d'une nuit profonde, totale, une nuit absolue. Lucien, l'élément sombre du trio, s'était réveillé vers deux, trois heures du mat', trempé de fièvre. Tout droit dressé, il s'était dirigé vers la fenêtre, l'avait grande ouverte.

Il s'était posté là. Nu face à l'immensité, face aux montagnes, un rayon de lune éclairant son corps, l'œil étincelant de fureur et d'exaltation.

Ce soir-là, le garçon s'était fait une funeste promesse, prenant la nuit à témoin. Rien ne le détournerait de son but.

Sa phrase fut répétée sept fois. Sept, telle une incantation.

2

Elle se concentre sur la bouche, point essentiel de son visage. Elle la souligne d'un trait précis qui cerne le rouge vif et puissant de ses lèvres. Ses yeux sont gris-vert. Le regard est lumineux ; il lui arrive pourtant de glisser vers un repli obscur. Sa voix est plutôt monocorde, mais jamais ennuyeuse. Elle rythme les mots, ça pose quelqu'un. Elle veut, elle aime être parfaite. Les Thermes de Manex, c'est son domaine. Depuis quinze ans, elle y règne sur tout le paramédical. Bien-être, hôtellerie, restaurants, excursions, un puissant réservoir d'emplois pour la région. Cela fait d'elle une femme importante, courtisée. Une femme qui compte. Pour elle, le travail et l'excellence sont deux valeurs essentielles, un devoir. Elle se refuse à toute facilité. *On peut toujours mieux faire*, voilà sa devise, celle qui trace la ligne.

Le soir, c'est son plaisir, elle s'installe à la bibliothèque pour écouter des sonates de Bach. Dans cet instant qu'elle aime s'offrir, elle ne pense à rien, *la Cérébrale*, comme la surnomme Sandrine, son exilée de fille. Jeanne Labrume est sur pause.

Debout, verre à la main. Elle déteste les canapés : l'effondrement des corps dans des coussins moelleux, ce n'est pas pour elle. En digne fille de militaire, Jeanne Labrume est une femme verticale.

Son père était un homme grand, large, sec. Un paternel d'une exigence sans limite. Sa mère, un être de l'ombre : une silhouette évanescente qui tentait d'effacer sa présence.

Un jour, Jeanne a cinq ans, toute la famille est à l'église. C'est un été caniculaire. On étouffe. La petite a chaud, très chaud. Alors elle bouge, s'énerve, pleure. Raide sur sa chaise, regard de plomb, le père résiste. Puis il se lève d'un coup, la saisit par le bras, sans ménagement. Tout le monde les regarde, le prêtre doit interrompre son sermon. La gamine hurle. Son père la traîne sur le sol jusqu'au portail et la jette dans les bras de sa gouvernante. La pauvre femme fait ce qu'elle peut pour la calmer. Le père ignorera Jeanne, sa présence, son existence, durant près de deux mois : pas un mot, pas un geste, pas un regard. Invisible. Transparente.

Jeanne Labrume est née, a grandi, fait sa vie à Biarritz. Lorsqu'il y a quinze ans, son mari – un patron influent de la presse locale – était décédé dans un stupide accident de voiture, elle venait de fêter ses quarante ans. Trois mois plus tard, le directeur des Thermes lui proposait l'affaire. Le deuil n'avait fait qu'aiguiser sa soif de changement, un besoin de challenge. Elle n'était plus *la femme de*, elle ne serait sûrement pas sa veuve, un rôle qui avait bien assez duré. Son moment était venu : anticiper, planifier, organiser, diriger surtout, c'était enfin pour elle. Elle n'eut donc aucune hésitation. En général, elle n'hésite pas. Elle hésite peu.

« J'ai tout le médical, avait expliqué le directeur des Thermes, mais l'hôtellerie, la restauration, les spas, le tourisme local... Manex, ça vaut de l'or aujourd'hui. On pourrait faire mieux que Cambo-les-Bains. Si on y travaille, nous figurerons bientôt parmi les cinq stations françaises les plus cotées. Notre eau de source fait tout simplement des miracles. Et depuis le Moyen Âge! »

Trois semaines plus tard, l'affaire était conclue.

Madame Jeanne fut présentée aux équipes qui apprécièrent son élégance autant que son autorité.

Elle quitta Biarritz pour rejoindre une maison de caractère sur deux étages, derrière les Thermes, un espace réservé à la nouvelle direction.

Lors de la première visite, elle se crispa. La taille de la bâtisse lui rappelait la triste et rigide maison de son enfance. Mais la chaleur et le charme faisaient toute la différence. Au final, c'était ce qui lui importait.

Et c'est ici qu'elle trouva sa place, sa cohérence. Là qu'elle pensa d'autres batailles.

La bâtisse était cernée d'un parc impressionnant attenant à celui des Thermes. La nuit d'une obscurité sans concession. La maison était meublée avec raffinement – cela lui ressemblait – et sa chambre dominait l'étage, tout en haut d'un escalier massif.

Elle laissa sans effort tous ses meubles à Biarritz et fit peau neuve dans sa nouvelle demeure. Un cadre idéal, car Jeanne Labrume n'est fidèle ni aux lieux, ni aux choses. Pas d'attache ni d'obligations, elle est libre de toutes contraintes matérielles. Elle a juste emporté la photo de son mari qui trouvera sa place sur la coiffeuse de sa chambre. Elle n'a pas oublié son charisme, ses belles paroles, sa fière allure, son attention. Ils se sont respectés – et Jeanne sait combien c'est rare. Leur manière à eux de s'être aimés.

Elle ne compte pas d'amis au sens où les gens l'entendent, elle ne connaît que des passions communes, des convergences d'énergies, des engagements radicaux, une volonté partagée.

Sa fille est loin, et c'est bien mieux pour elle. Elle fait sa vie et elle apprend, ailleurs. Elle crée son monde. Jeanne n'est pas indifférente mais elle reste farouchement indépendante. Sandrine le sait. Sa mère lui a transmis une part d'elle-même, mais une part seulement.

Parfois, elle boit. Trois, quatre verres de Chablis frais. Du Sancerre rouge de temps en temps. Une bouteille même, ça lui arrive. Elle ne perd jamais contenance. Elle entre juste un peu plus en dialogue avec elle-même dans une conversation intime qui lui est familière, imperceptible aux autres.

Le dimanche, les Thermes sont fermés, déserts. Une verticale allée pavée, bordée de palmiers, longe tout le bâtiment sur près de deux cents mètres. Elle remonte cette allée. Ses yeux de lynx mitraillent chaque recoin, ils contrôlent chaque angle. Rien ne lui échappe.

Ce qu'elle apprécie par-dessus tout, c'est marcher dans le parc à l'ombre des arbres, cette fois en diagonale, le regard inondé de vert. Et quand elle marche, elle pense. Elle dessine des plans d'avenir. Réfléchit, élabore. Argumente, contre-argumente.

Lui, quand il peut, il appelle. Lorsque le téléphone vibre et que son pseudo apparaît sur l'écran, elle a toujours le même sourire. Elle ne l'attend pas, elle aime être surprise. Leur histoire leur appartient. Personne ne la connaît. Ce soir, elle ne répond pas. Elle aime le faire attendre. Il doit la mériter.

Une autre nuit, elle ne dort pas.

Elle descend les marches de la maison, couverte d'un long kimono noir. Elle ouvre la grande porte qui donne sur une allée de graviers. Elle s'avance, les petites pierres craquent sous ses pas. Elle quitte l'allée puis elle rejoint le parc.

Elle a la légèreté d'une funambule. Elle glisse.

« Planque-toi sur la banquette ! »

Elle se saisit du volant. Sourire en coin, d'un simple coup d'œil elle inspecte le véhicule dans le rétroviseur. Planqué, il l'est, oui : Jeanne Labrume est satisfaite.

Lui, ça le fait marrer. Vautré sur la banquette arrière, il savoure l'idée de lui appartenir, le privilège d'être son secret.

Elle roule, elle aime ça : rouler dans la nuit sur ces routes cernées d'obscurité et de mystère, d'arbres et de silhouettes menaçantes, sous un ciel noir d'une opacité sans fin. Elle roule et elle frissonne comme elle le faisait enfant lorsque son père, droit comme un i, conduisait l'élégante Mercedes. Lorsqu'elle s'imaginait traversant des chemins jonchés de monstres et d'elfes, protégée par la carapace du véhicule conquérant, toutes vitres fermées, calfeutrées, portes verrouillées, s'échappant, filant entre mille dangers.

Ils rejoignent Biarritz, et c'est déjà l'ailleurs ; l'anonymat y est possible. Elle a tout de même pris mille précautions. Une perruque brune, coupe au carré, une chambre réservée sous un faux nom. Jeanne Labrume maîtrise sa vie.

Une silhouette s'impose à l'horizon, une sorte de manoir venté au bord de l'océan. Un endroit comme elle les aime, un luxueux refuge.

Ils quittent la voiture sous une pluie glaçante que des rafales de vent leur retournent en pleine figure. Le parapluie ne résiste pas longtemps aux violentes bourrasques.

Une heure plus tard, au bar de l'hôtel, un lieu cossu et rassurant, il y a ce couple souriant face à eux. La quarantaine, ces deux-là respirent la banale arrogance des gens *heureux* : ceux pour qui le bonheur semble être une évidence. Ils seraient nés pour ça, être heureux. Alors, ils l'affichent. Rien ne les effleure, aucune faille, tous deux sont hors d'atteinte. Le bonheur est dans leur ADN.

Mais Jeanne Labrume n'est pas dupe. Elle les observe, elle sait comme tout cela s'écroule un jour et sans prévenir, tel un château de cartes. Elle sait qu'on paie cette insouciance, cette arrogance, et combien on les paie cher. Elle les observe, leur donne cinq, allez six ans, avant qu'une rencontre, la découverte d'une lettre cachée, un accident, un scanner prescrit sur ordonnance, un appel malvenu ne viennent tout ravager.

Jeanne Labrume les abandonne à leur instant dérisoire. Elle signe la note.

Depuis la fenêtre grande ouverte de la chambre, Jeanne contemple l'océan. Elle s'assourdit du bruit des vagues qui cognent contre la roche. Ils pourraient être au bout du monde, de l'univers, au bord d'un précipice. Elle se soûle de la violence des flots, se gorge du parfum de l'écume, se grise d'iode et de vent. Elle tend son bras à l'extérieur. Le souffle puissant lui fouette la peau. Elle aime ce contact radical.

Lui, il zappe devant l'écran télé, insensible à la force des éléments. Elle le laisse vivre, être comme il le sent. Il surprend son regard interrogatif.

– Qu'est-ce qu'il y a ?

– Rien, rien, il n'y a rien du tout. Tu es bien ?

– Je suis toujours bien avec toi.

– Alors c'est parfait. Oublie ma question.

Itxassou, un village de cerises noires. Bordé par la Nive, une gorge enclavée de rochers, d'une luxuriante verdure.

La guide est une trentenaire rousse de rousse, une petite femme vive, curieuse, amoureuse de sa région et de son métier. Une dévoreuse de livres, de récits historiques, d'études ethnographiques. Elle est aussi une passionnée d'art et de littérature du Moyen Âge, une ferveur qui l'a propulsée d'un BTS Tourisme à l'université de la Sorbonne, ses années parisiennes, pour un master en Lettres médiévales.

Le monde la fascine. Quant au Pays basque... Cette région avait été une rencontre. Une sorte d'émerveillement.

Depuis le covid, la jeune femme est restée sans emploi et elle a survécu sans aide, ou presque. Maintenant, oui, elle en veut!

Accompagnée de curistes, la voilà qui stoppe face à l'étrange et large crevasse qui scinde une imposante roche. Pour pouvoir avancer, il faut la traverser. Des points d'interrogation se dessinent sur les visages : les curistes en balade restent interdits face à cette drôle de chose.

– Eh oui, vous allez voir, embraie la guide : selon la légende, Roland, le neveu de Charlemagne, serait passé par ce site en août 778 pour rejoindre le col et repousser les Sarrasins en Espagne avec son armée. On raconte qu'ici même, un rocher infranchissable lui aurait barré le passage. Alors, après, il existe deux versions. Dans la première, c'est un coup de sabot du cheval de Roland qui aurait creusé la cavité dans la roche : cette forme, là, effectivement étonnante. Le plus probable est qu'un affaissement naturel ait été agrandi par l'homme pour que les mules puissent continuer leur route. J'avoue que c'est moins sexy! Dans la deuxième version, c'est l'épée de Roland qui aurait taillé ce passage pour que les soldats franchissent l'obstacle (les curistes frémissent). Mais les deux versions connaissent la même fin tragique : le brave Roland serait mort quelques jours plus tard au col de Roncevaux, juste au pied de l'Espagne, lors d'une ultime bataille contre les Sarrasins. Après... Toutes ces histoires de guerres de civilisations ont donné une pseudo-trame historique à bon nombre d'œuvres françaises, dont notre fameuse *Chanson de Roland*. La plupart des historiens s'accordent désormais pour dire qu'en réalité, à la bataille de Roncevaux, les chevaliers carolingiens ont affronté la milice vasconne basque et non l'armée sarrasine. En pleine époque de reconquête de l'Europe et de conquêtes en Orient, il est probable que *La Chanson de Roland* ait été écrite pour donner un fondement historique aux croisades, et transformer une guerre territoriale en guerre sainte. Les origines du texte qui comporte, selon les versions, entre 4000 et 9000 vers, ont, elles aussi, plusieurs explications. Pour le philologue Joseph Bédier – il était un grand spécialiste de la littérature médiévale – *La Chanson* serait une création de moines et de jongleurs qui l'auraient récitée d'étape en étape, sur les routes de Saint-Jacques-de-Compostelle. Nous en reparlerons bientôt, lors de notre visite à Saint-Jean-Pied-de-Port, une importante étape du pèlerinage.

Deux jours plus tard, à dix-sept heures, coiffée de sa flamboyante chevelure, la guide se présente au rendez-vous fixé par Jeanne Labrume dans son bureau. Un plateau avec deux tasses de thé fumé les attend. La pièce offre une vue dite *imprenable* sur les bords de la Nive.

– C'est magnifique !

– N'est-ce pas ?

Première gorgée de thé fumé ; cette saveur surprend la guide, elle est perplexe et ça se voit sur son visage.

– Vous n'aimez pas ?

Les deux femmes échangent quelques banalités. *Ce temps pluvieux malgré l'été, et puis ces canicules, de pire en pire*, le fonctionnement des visites, le succès des Thermes, *C'est formidable !* La nouvelle guide a été recrutée il y a juste deux semaines. *Vous vous plaisez ici ?* Tout excitée après ses trois années de chômage, la jeune femme est en pleine phase de découverte. Elle déborde d'envies et d'enthousiasme.

Mais Jeanne Labrume n'a pas des heures devant elle : sans attendre davantage, elle en vient donc au fait.

– Une curiste s'est étonnée de votre interprétation de la création de *La Chanson de Roland*.

La guide est stupéfaite.

– Vraiment ? Ce n'est pourtant pas la mienne. Elle fait école chez les historiens.

– Pas chez tous, m'a-t-on dit. Mais je ne veux pas polémiquer. Je vous demanderai juste de ne pas vous aventurer sur ces terrains glissants. Les sujets de visite ne manquent pas. Choisissez désormais des thèmes ou des interprétations plus consensuels. Nous en sommes bien d'accord ?

Cette fois, la guide réalise à quoi tient la réputation autoritaire qui plane autour du personnage Labrume.

Doucement mais sûrement, la directrice interrompt en plein vol le geste de la guide qui, troublée, s'apprêtait à ingurgiter une nouvelle gorgée de thé, même fumé, histoire de retrouver contenance.

– Je vous remercie, mais j'ai beaucoup à faire. Et vous aussi, j'en suis sûre ! Je ne vous retiens pas plus longtemps.

Joignant le geste à la parole – ça dure une demi-seconde – la directrice se lève. Une injonction à faire de même et sans attendre. En conclusion, toute souriante mais d'un sourire glaçant, Jeanne Labrume adresse un dernier mot à la guide avant de la laisser partir :

– Ce fut un plaisir.

Lorsqu'elle sort de la pièce – et bien plus tard encore dans la soirée – la guide n'aura qu'une seule question en tête…

De quel plaisir, diable, diable, la directrice Labrume pouvait-elle donc parler ?

3

– Commissaire Lassale, j'enquête sur la disparition que vous avez signalée. Vous auriez un peu de temps à m'accorder ?

Soumeya est assise face à lui dans le grand fauteuil noir du salon, un siège trop large et trop moelleux pour absorber le désarroi qui la grignote de l'intérieur. En temps normal, elle n'aime pas recevoir à l'improviste, quand tout n'est pas rangé. Elle est comme ça : le désordre, elle n'aime pas. Mais là, c'est différent. Cette visite, elle l'a attendue et elle ne l'espérait plus. Elle scrute le commissaire ; elle cherche en lui un signe, une détermination et, pour l'instant, elle ne trouve rien. Ni espoir ni résignation.

– Ça fait tout de même huit jours.

– Monsieur M'Bongo est majeur. Et puis ce fameux lundi soir après son travail, vous ne l'attendiez pas…

– Non mais Miguel venait des fois sans prévenir. Je faisais pareil. Ici, le soir, vous êtes chez vous. Où aller ? On n'a pas le choix, on est là. À son boulot, ils disent quoi ?

– C'était un remplacement. Il ne devait y retourner qu'en milieu de semaine prochaine. Donc pas de signalement particulier. Vous avez vous-même précisé le voir tous les huit, dix jours. Parfois moins. Vous indiquez aussi qu'il écoute rarement ses messages.

– Miguel déteste tous ces trucs. Il n'y pense pas. Sauf pour son numéro professionnel. Mais je ne l'ai pas.

Les faits ont mille et une fois tourné dans sa tête, et jusqu'à l'épuisement. Soumeya a tout énuméré, les visages, les lieux, le nombre de jours et de nuits.

Elle revoit le regard de Miguel. Au fond de ses yeux, mais tout au fond caché, se révélait l'expression d'une tristesse, plus encore lorsqu'il souriait. Le coin de son *smile* comme il disait, le coin de son *smile* frôlait l'obscurité. Ce qui donnait à sa présence un charme très particulier, une sorte de romantisme instinctif.

– Donc, comprenez-nous : il n'y avait jusqu'ici *a priori* (le commissaire souligne l'expression) rien d'inquiétant. Après huit jours, c'est différent. Vous êtes allée chez lui ?

– Trois fois. Mais je n'ai pas la clé.

– Vous dites qu'il lui arrivait de se rendre à Paris sans prévenir, pour voir sa fille. Nous allons contacter son ex-compagne.

– Oui, oui, tout ça est exact. Mais…

– Mais ?

– Mais il y a cette chose en moi. Ça ne me laisse pas en paix. Ça me ronge.

– Dites…

– La salive qui coule dans ma gorge, elle a un goût de malheur. Je sais, ça ne compte pas pour vous.

Elle retient ses mots un temps, et puis ça sort d'un coup :

– Vous allez fouiller la Nive ?

– Qu'est-ce qui vous fait penser à la Nive ?

Ce qui lui fait penser à elle, c'est cette douleur qui lui tord le ventre dès qu'elle s'en approche, et depuis une semaine. Sa manière de tourner autour, de la contourner comme si elle était au bord d'un précipice. Mais sans pouvoir s'en éloigner.

– Qu'est-ce qui vous fait penser à elle ?

– Rien de rationnel.

– Dans une enquête, vous savez, il n'y a pas que du rationnel.

Elle détache alors son regard de ce tapis bigarré rapporté d'Istanbul. Et elle relève la tête vers lui. Ce flic pourrait-il être un allié ? Elle découvre son visage, jusque-là perdu dans un halo. Ses traits peu à peu se dessinent. Un visage émacié, une peau très pâle. Des yeux immenses aux pupilles d'un brun clair, des yeux qui mangent sa figure. Le genre de visage qui semble se vider de son sang, de toute sa substance lorsque l'angoisse le ronge. Au rythme des tremblements d'une pomme d'Adam des plus saillantes. Il est grand avec des cheveux courts, blond cendré. Il a dans les cinquante-cinq ans. Une présence, une allure. Il porte un col roulé en lainage fin. Elle se dit qu'elle n'a pas vu ça depuis longtemps, un col roulé. À son poignet, une montre plutôt discrète mais trop sophistiquée pour que ça ne soit pas un cadeau. Au doigt, une alliance.

Lui aussi, il l'observe. Le commissaire constate l'écart entre le jeune âge de Soumeya, vingt-deux, vingt-trois ans peut-être, et l'extrême maturité de son expression. Sa gravité. Il sait qu'elle est étudiante en droit, que ses parents sont éthiopiens. Qu'elle est dans la région depuis trois ans. Il y a ce qu'il sait, et il y a ce qu'il sent.

– Oui, dans une enquête, il n'y a pas que du rationnel.

– J'allais me faire du thé. Vous en prendrez ?

Le commissaire pourrait lui parler d'Oma Bernstein, sa grand-mère juive allemande. De ses tarots, des verres qui tournent, du petit guéridon où Oma cherchait un contact, un son, une sensation, une relation avec des disparus. Lui, son petit-fils préféré, passait avec elle chaque été dans la maison de Wannsee à Berlin, une élégante demeure au bord du lac, réquisitionnée puis récupérée dix ans après la fin de la Guerre. Le temps que la propriété lui soit enfin rendue et qu'Oma puisse envisager de retourner là-bas. Le lieu du drame, une ville fantôme.

Les étés, elle lui apprenait à déchiffrer les cartes du tarot, à être attentif au décryptage du moindre son, au mouvement d'un rideau, à la fraîcheur fugitive d'un courant d'air qui traverse une pièce, à l'étrange crépitement d'un feu de cheminée.

Les morts s'écoutent, disait Oma, Oma Bernstein. *Mais pour cela, il faut d'abord les entendre.*

Le commissaire garde d'elle bien plus qu'un intense souvenir. Oma l'habite encore. Elle lui chuchote des mots au creux de son oreille, *meyn kleyn*[3], des mots de réconfort mais pas seulement : des choses qui l'interrogent, qui le bousculent. Présente à la vie, à la mort.

– Vous en prendrez ?

– Pardon ?

– Du thé.

Elle aussi pourrait lui dire. De culture musulmane, elle se pensait athée. Et pourtant... Elle pourrait lui parler de son pèlerinage en Ouzbékistan sur les tombes des saints soufis. De ce trouble ressenti, du détachement du corps vers d'autres espaces inattendus et jusque-là inconnus. De ces glissements entre réel et irréel, rationnel et irrationnel. Entre raison, réflexion et forces de l'inexplicable, séduction de l'inexploré. Mais elle ne dira rien de tout cela.

– Faites fouiller la Nive entre les Thermes et Ustaritz ! Du restaurant où il bossait jusqu'à chez moi.

3. *Mon petit* en yiddish.

– Ça ne se décide pas comme ça. Je dois d'abord motiver cette demande au préfet. Je n'ai aucun élément. Nous devons vérifier si Monsieur M'Bongo n'est pas à Paris ou si des proches l'ont vu ici. Éventuellement forcer sa porte, entrer chez lui.

– Il n'a pas de proches. C'est un solitaire. Il se donnait une année pour ouvrir sa librairie à Bayonne. Il bossait tout le temps : ses business plans, les aides possibles, les études de marché, la sociologie des quartiers, l'emplacement idéal. Ça n'était pas toujours facile. Il ne laissait pas beaucoup de place à autre chose. Il y croyait dur comme fer.

– Mais vous, vous étiez proche de lui ?

Je ne sais pas.

– Vraiment, vous ne savez pas ?

Proche ? Elle hésite, prend le temps d'une réflexion. Parfois, elle le voyait fuir. Et puis il revenait sans même chercher à savoir ce qu'elle ressentait, elle.

– J'espère, oui.

Le commissaire rentre chez lui à pied, il en a le temps et l'envie. Il marche d'un pas lent, il réfléchit. On le sait désormais : l'ex-femme de Miguel M'Bongo ne l'a pas vu à Paris. Elle a répondu froidement sans chercher à savoir ce qui lui était arrivé.

Mais surtout, pendant cette mystérieuse semaine, quelqu'un a bien attendu notre homme, et pour un rendez-vous très important, quelqu'un qui, depuis, est resté sans nouvelles… Cette personne-là, c'est son banquier.

« Monsieur M'Bongo avait sollicité ce rendez-vous. Il voulait me parler d'un projet de librairie qui lui tenait particulièrement à cœur, un projet très original d'ailleurs. J'ai été vraiment étonné par son absence et plus encore par son silence. Je lui ai laissé deux messages sur son numéro professionnel. C'est quelqu'un que j'apprécie beaucoup ; il a travaillé dans mon agence il y a deux ans. Mais très franchement, la banque, ça n'était pas son truc (l'homme sourit au souvenir). Manquer un rendez-vous sans prévenir, ça ne lui correspond pas : ça n'est pas lui. Non, non, plus j'y pense… Ça n'est pas du tout lui ! »

Le commissaire réfléchit. Et quand il réfléchit, le commissaire ne marche pas droit, il zigzague. Alors il avance lentement pour éviter toute collision. Et il pense.

Ce projet de librairie, c'est la colonne vertébrale de Miguel M'Bongo : le rendez-vous manqué à la banque, sans prévenir, sans excuse, ça ne colle définitivement pas. Quelque chose ou quelqu'un l'a empêché de s'y rendre. Et l'empêche encore de se manifester.

Dans son petit appartement, dont la police a finalement forcé la porte, rien ne semble manquer. Toutes ses affaires sont là. Ses papiers aussi. Et le commissaire le sait : plus que tout autre, un homme noir ne part jamais sans ses papiers.

Une évidence s'impose : Miguel M'Bongo a bel et bien disparu.

La salive qui coule dans ma gorge, elle a un goût de malheur.

Les mots, les phrases, dans la tête du commissaire.

Dans les enquêtes, il n'y a pas que du rationnel.

Et il y a cette douleur dès que j'approche la rivière.

Faites fouiller la Nive entre les Thermes et Ustaritz.

Une question obsédante lui revient en boucle : qu'est-il arrivé à ce jeune homme sans histoire ?

Elvis was a hero to most (...)
Racist (...)
Motherfuck him and John Wayne![4]

– Public Enemy, tranche Lucien, ça date frérot.

– Et puis quoi ? C'est la base, c'est nos classiques. Les nouveaux, c'est bien, mais les anciens...

– Le gars, s'insurge Lucien, il insulte Presley mais qu'est-ce qu'on en sait s'il était raciste, ce Elvis ? Et l'autre, là...

– John Wayne ? Connais pas, avoue Kevin. Ça doit être un rocker à la *Bebop lula*.

Le soleil tape. Assoiffés et suants, les trois frérots remontent une route en tirant leurs vélos. Lucien, furax, a dû revendre son scooter. Dj FilOne a crevé sa roue arrière. Les deux autres ne l'ont pas lâché, solidarité oblige. Kevin porte son ghetto-blaster,

4. Public Enemy, *Fight the power. Elvis était un héros pour la plupart, un raciste. Une saloperie : lui et John Wayne !*
Paroles et musique : Carlton Ridenhour, Eric Sadler, Hank Boxley, Keith Boxley. Producteur : The Bomb Squad. Label : Motown.

ce radiocassette des années 70-80, démesuré et surpuissant, un collector dédié à l'hypothétique musée hip hop. Le rap, c'est leur histoire, leur ailleurs, leur seule respiration. Le fil qui les rattache au monde, une communion avec la planète.

Les trois marchent, le son à fond la caisse, au milieu des vallées vertes de vertes et des troupeaux de moutons qui transhument vers les hauteurs, un peu désorientés sous l'impact des décibels.

— On fait pitié quand même, là, sur cette route de ce bled pourri !

Choqué, Lucien est stoppé net dans son élan – et dans sa marche.

— Tu déconnes ou quoi ? Moi je la kiffe ma région. Les Basques, on est des combattants, mon frère. On est des fiers, c'est dans notre ADN. Faut garder ça !

— Allez vas-y, *Independenza*, marche et ferme-là. On a encore quatre kilomètres.

Deux heures plus tard, les voilà attablés en terrasse au troquet du village. Rituel obligé : le même café qu'hier et qu'avant-hier. Ils dessinent des ronds avec le fond de leur verre de bière sur la table du bistrot, pupilles hypnotisées fixées sur le centre de gravité.

— On fait quoi ce soir ?

— J'ai un nouveau son.

— On se retrouve à la grange.

— Comme d'hab.

Silence. Et dix minutes plus tard…

– Demain, j'ai rencart à Pôle emploi.

– Et ?

– Et rien.

Alors ils ne disent effectivement plus rien, parce qu'ils n'ont plus rien à raconter, ni même à espérer.

La journée passe, semblable à d'autres. Le cœur de Lucien se serre. Quelque chose tape dedans, à l'intérieur, et ça tape fort. Les corps se tendent. Il y a comme un abîme ici, juste devant eux, au centre de cette table avec les verres qui font des ronds. Pour eux, et pour beaucoup de jeunes *du monde rural* comme disent les politiques, l'avenir est un mot étrange, sans réelle consistance. Une chose suspendue dans les airs, agitée par ces vendus de politiciens. Un concept marketing pour créer l'illusion, et rien d'autre. Un mirage.

Sans prévenir Lucien se lève.

– Allez les gars, on s'arrache !

Lucien ne sait plus quoi faire, quoi penser, où aller. Il rentre dans cet endroit qu'il est convenu d'appeler *chez lui*. Il gare son vélo dans la cour, aimerait bien croiser sa mère ou sa sœur, quelques minutes comme ça, histoire de voir si elles vont bien, sinon quoi d'autre ? Mais il ne veut pas frôler le beau-père, ni le sentir, ne pas être face à lui.

Quelques poules sont égarées ; elles trottent en secouant convulsivement leur tête comme elles le font tout le temps. Lucien n'a jamais aimé les poules ni la basse-cour. L'odeur des volatiles, ce parfum rance, ça lui soulève le cœur. Il n'y peut rien. Le beau-père a traduit cette répulsion par du mépris pour leur métier et leur environnement. Un dégoût de leur condition. Pourtant, ce n'est pas ça. D'ailleurs Lucien aime bien les vaches et encore plus les brebis. Il n'a ni honte, ni fierté d'avoir été élevé ici, dans une ferme. Ça fait partie de sa vie.

Le beau-père se dit qu'il n'a rien à se reprocher, qu'il a tout fait pour le petit : élevé comme son propre fils, éduqué, choyé, protégé. Caressé, bien caressé : cette histoire-là, c'est *leur complicité à eux,* dit-il, *c'est leur secret... Je lui ai tout donné, tout,* se raconte le beau-père. *Un ingrat prétentieux, voilà, voilà ce qu'il est devenu ce gamin !*

Enfant, Lucien, la nuit c'était sa terreur. Un gouffre. Le p'tit Lucien luttait autant que possible pour garder les yeux ouverts, la paupière raide, tendue. Vaincu, glacé d'effroi, aspiré par le sommeil au beau milieu de la nuit, il finissait par s'enfoncer dans les affres du trou noir. Dans ce lieu où toutes sortes de prédateurs se délectaient à l'attendre.

Le lendemain l'instit' se moquait toujours de sa somnolence.

– Et notre Lucien, qu'est-ce qu'il raconte ? Eh bien Lucien, il dort !

Lucien n'a rien oublié, ni ces nuits, ni ces jours.

Il entend le beau-père parler *bétail* au téléphone, le gars n'est pas loin. Lucien reste un moment planqué dans la grange, il laisse passer ce porc devant l'entrée, estomac en avant.

Quand l'homme est hors de vue, Lucien rejoint la cuisine et se faufile dans l'escalier.

– Des ennemis ? Miguel bossait tout le temps. Entre ses différents boulots et son grand projet... Il se donnait un an pour le réaliser. C'est court ! Surtout quand on n'a pas de réseau, ni de garant et qu'on n'a pas trente ans. Il était toujours busy. Pas le temps de se faire des ennemis, ni des amis d'ailleurs.

– Et vous ?

– Je sais que je comptais pour lui. Je n'ai aucun doute là-dessus. Pour le reste...

Miguel M'Bongo est officiellement déclaré disparu. Le commissaire ausculte le visage de Soumeya, ses moindres gestes ; il cherche à repérer l'embryon d'une contradiction. Un clignement de paupière, un sourcil interrogatif, la possible crispation d'une lèvre. Il en ressort convaincu : la jeune femme ne ment pas. Elle ne ment jamais quand elle parle de lui.

– Que saviez-vous de son projet ?

– Il me disait tout le temps : *Je bosse là-dessus H 24, du coup quand je suis avec toi, je veux parler d'autre chose*. Le seul point que j'ai saisi, c'est que ce n'était pas une librairie comme il en existe à Bayonne.

– C'est-à-dire ?

– Je n'en sais rien, je ne peux rien vous dire de plus.

Concernant la vie de Miguel M'Bongo, le commissaire a reconstitué un puzzle minimal mais cohérent. Orphelin originaire d'Abidjan, l'enfant avait été recueilli – mais pas adopté – à l'âge de trois ans par un couple de notables français, eux-mêmes décédés dans un accident de voiture. Miguel avait alors dix-huit ans. L'héritage était allé exclusivement aux enfants biologiques – la générosité a ses limites face à la loi du sang. À l'exception d'une petite somme que Miguel avait soigneusement mise de côté. Ce maigre patrimoine constituait la base de son pécule pour s'attaquer au *Grand projet*.

Dès l'adolescence, le jeune Miguel avait amorcé une vraie mutation. De gamin replié sur lui-même, il s'était transformé en fou de littérature, grâce à une prof – une incroyable lunaire géniale – qui avait réussi à affûter sa propre curiosité, jusqu'ici intériorisée. La curiosité d'un jeune homme grand ouvert au monde : un lecteur compulsif déclarant son amour inconditionnel pour le Japonais Jun'ichirō Tanizaki, les Américains Carson McCullers et James Baldwin, le Malien Amadou Hampâté Bâ. De là était né le fameux rêve qu'il s'était juré d'accomplir. Une promesse intime : celle d'un lieu consacré aux livres, à la langue, aux idées et aux imaginaires. Une sorte d'espace pensé pour un voyage mental. Avec une touche spéciale : *C'est la touche M'Bongo*, disait-il en riant.

— La littérature, c'était son autre monde, sa vérité à lui. Il répétait tout le temps : *Je ne sais pas comment font les gens qui ne vivent que du réel.* Vous aimez lire, Commissaire ?

– J'aime voyager, oui.

– Il aurait aimé cette réponse.

– Vous parlez de lui au passé...

– C'est plus fort que moi. Il y a cette conviction logée au fond de mes entrailles. J'aimerais tellement me tromper.

– Une dernière chose : à part les livres, vous lui connaissez d'autres passions ?

– Le jazz. Et le rap, oui ! Il était dingue de rap. Vous voyez Commissaire : les mots. Les mots encore et encore. Les mots toujours. Miguel M'Bongo était un cérébral.

I know murder, conviction
Burners, boosters, burglers, ballers, dead, redemption.[1]

– Kendrick Lamar, mon gars, Kendrick Lamar[2]...

– OK, OK. Mais nous, on n'est pas des *Cainris*. La question c'est : qu'est-ce qu'on veut raconter sans tomber dans le cliché *Rap à la ferme* ? On va pas proposer un duo à Karine Le Marchand ! J'rigole. Ou refaire un plan à la Kamini[3]. Moi j'aime bien les lyrics un peu mystiques, tu vois, les trucs qui ont du sens, pas seulement qui balancent. C'est quoi notre message ? Comment on se démarque ?

Comme toujours, c'est Lucien l'anxieux qui questionne, tête enfoncée dans les épaules, poings serrés, mâchoire fermée. Déjà gamin – on le voit sur les

1. *Je connais le meurtre, la condamnation, les brûleurs, les boosters, les voleurs, les morts, la rédemption.* Kendrick Lamar, *DNA*. Lyrics et chanson : Kendrick Duckworth, Michael Williams II. Producteur : Mike Will Made it. Label : Top Dawn, Aftermath, Interscope.
2. Célèbre rappeur américain.
3. Rappeur des campagnes.

photos de classe –, Lucien était l'élément sombre du groupe. La pupille tourmentée, le thorax replié vers l'intérieur. Jamais un sourire, aucun compromis.

Kevin et FilOne, visages posés sur la paume de leurs mains, réfléchissent sans bien saisir où le Lucien veut en venir.

– C'est spontané quand on écrit, tu sais bien, on suit l'actu, on parle de nos vies…

Lucien insiste :

– Et si on faisait passer un message que personne dans le rap n'a défendu jusqu'à maintenant ? Un message révolutionnaire. Là, on parlerait de nous.

– On serait pas les premiers révolutionnaires dans le rap, mon gars !

– Tout dépend de quelle révolution on parle. Regardez-nous, les gars, on est trois Blancs et on fait la musique la plus populaire dans le monde aujourd'hui. La musique de tous les jeunes. Le rap des banlieues et des ghettos, faut oublier. On a la planète devant nous : on a peut-être un devoir, non ?

FilOne n'est pas du tout, mais alors pas du tout convaincu :

– Le rap des banlieues, faut oublier ? Mais c'est quand même de là qu'elle vient, notre musique. Et puis *blanc*, *blanc*… J'suis pas blanc, moi.

– Ah bon, t'es quoi ? s'amuse Lucien.

– Laisse tomber, j'suis rien du tout.

Kevin s'en mêle :

– Donc t'es blanc : quand on n'est rien, c'est qu'on est blanc.

Lucien n'apprécie pas l'enchaînement :

– Doucement, toi. On n'est pas *rien* quand on est blanc.

– Bin non, mais on n'a pas de couleur, quoi.

Lucien fulmine. Ses deux compères, eux, sont en pleine minute d'introspection neuronale.

Dix-sept heures, c'est le moment. Lucien se lève, il a un rancard et pas de ceux où l'on arrive en retard. Les deux autres restent attablés autour de leurs verres de bière vidés de leur substance jaunâtre.

DJ FilOne est préoccupé. Alors, il marche. Ça tombe en fait très bien : le soleil est revenu à Manex et toute la nature fête son come-back. Il avance sur cette route qui descend vers le vieux village et la Nive, emprunte le chemin qui suit la voie ferrée, juste avant Cambo. C'est toujours un émerveillement. Quand le soleil réapparaît, on dirait que les arbres, les herbes, les fleurs se tendent vers lui pour se frotter à ses rayons. Un étirement sensuel. Les oiseaux s'en donnent à cœur joie. Le DJ est attaché à ces fluctuations météorologiques : le cocktail *soleil-ciel bleu-H24*, c'est pas du tout sa came. Un truc qui, ici, ne risquerait pas d'arriver avant un traumatisme climatique de très grande ampleur. Une sorte de Big Bang nouvelle génération.

FilOne est préoccupé. C'est un fait : leur trio, le Euskal Herria Crew, bat de l'aile – et avec lui toute leur histoire. Le pessimisme radical de Lucien finit par les plomber. *Rien ne sert à rien*, c'est devenu sa phrase, sa sombre devise. Kevin et FilOne ne le comprennent plus. Les deux lascars ont le sentiment que Lucien veut les emmener quelque part sans leur dire où, ni pourquoi. Il faut bien se rendre à l'évidence : les amis de toujours ne communiquent plus. En tout cas plus comme avant et ça n'a rien d'anecdotique. Chacun est dans son monde et par ici, quand on a vingt ans, le monde est plutôt restreint.

FilOne a voulu retriturer Kevin à ce sujet. Une fois de trop pour aujourd'hui. Pragmatique, son pote a clos la discussion par une sentence qui n'encourage pas à poursuivre la réflexion : « Ça finira par lui passer ». En fait, Kevin, ça lui torture le cerveau aussi. Mais c'est un introverti, il garde tout pour sa cervelle. Quant à DJ FilOne, il ne croit pas une seconde que ça finira *par lui passer*. Il le sait : Lucien est un radical. Les angoisses, elles l'envahissent, le minent de l'intérieur et jusqu'à l'implosion. C'est aussi un réactif, proactif. Pas du genre à se laisser bouffer tout cru par les affres de la vie.

Quand ils sont tous les trois et que FilOne voit Lucien se cacher à l'intérieur de son thorax, enveloppé de ce silence épais, le DJ aimerait intervenir, dire *stop*, l'attraper au lasso et le ramener parmi eux.

Faire comme si c'était avant, être ensemble comme si rien n'avait changé.

« Je nous revois gamins courir après les poules. Ados : vibrer aux premiers sons, premiers lyrics, premières instrus, premiers concerts, premières soirées loin de notre bled. Ensemble sur les photos d'école, ensemble sur les terrains de basket, ensemble à Paname pour le big concert de Jay-Z. Entre nous trois, c'est simple : y a pas plus épais qu'une feuille de papier à cigarette. »

C'est un jour de pluie d'orage, le temps est lourd et moite. Le commissaire s'est retranché dans l'arrière-salle d'un café paumé de la banlieue de Bayonne afin de se livrer à un exercice inhabituel : la composition de haïkus, ces brefs poèmes japonais composés de trois vers qui évoquent un instant de vie. Son moment de contemplation.

Par la fenêtre
Bleus mes souvenirs lointains
Tristement hautains

Ces instants-là, il en a besoin. Durant ses deux dernières affaires – de terribles histoires de violences conjugales –, le commissaire s'était senti glisser. Perdre pied. Il a eu peur, un tremblement. L'angoisse de dérailler. Il a consulté durant des mois. La psy était douée. Depuis, il se protège. Il essaie.

Dans l'obscurité de ce bistrot où traînent quelques habitués, des alcoolos pour la plupart, une diseuse de bonne aventure se fraye un chemin jusqu'à sa table.

– Donne-moi ta main, je te dis tout ce que tu veux savoir sur toi.

– Mais je sais déjà tout sur moi. C'est ça mon drame.

La voyante n'a pas anticipé cette réplique. Désappointée, elle s'en retourne vers le comptoir.

Lui, il aime ces lieux hors du monde connu, promis à la disparition. Ici, juste un instant, il oublie tout.

Mais le commissaire n'oublie pas sa montre, il vérifie. Il est temps de rejoindre la fouille. Il abandonne son café tiède et amer, remballe son carnet, son crayon, se lève et sort du bar.

Une heure plus tard, il est sur place.

« C'est toujours comme ça. Quand on fouille un endroit, une forêt, une rivière, quand on fouille pour chercher un cadavre, il y a toujours cette pluie bien crade, ces aboiements de chiens au loin, ce vent qui siffle. C'est comme si la nature portait le deuil pour accompagner cette funèbre battue. Tout est macabre à l'horizon. On creuse, on cherche, on fouille, mais quelque chose en vous n'y croit plus. Le malheur s'est abattu sur ce lieu et sur ceux qui attendent un verdict, une info, un signe, quelque chose, la main tremblante, le regard embué. Ils attendent, et donc vous continuez. Mais tout au fond de vous, vous portez ce sinistre présage. En fait, vous savez déjà. »

Le commissaire a lancé sa tirade d'une voix monocorde et lasse. Médusée, sa jeune stagiaire a cessé de prendre des notes pour écouter la sombre prophétie.

Deux hommes-grenouilles remontent à la surface, ils font des signes aux flics restés sur la rive : on a trouvé quelque chose. La stagiaire scrute le regard du commissaire. *On a trouvé quelqu'un*, voilà ce que ses yeux racontent. *On a trouvé un homme*. La jeune stagiaire s'éloigne un peu, seulement quelques pas : elle s'éloigne pour tenter de reprendre un peu d'air. Il y a cette oppression qui verrouille son thorax. Ça cogne. Boum, boum, boum. Respiration bloquée, plus rien ne passe. *On a trouvé Miguel M'Bongo*. Elle l'imagine, ce corps gonflé d'eau, visage bouffi, les yeux exorbités. Elle fait quelques pas encore et puis aperçoit cette chose qui gît au sol, à demi recouverte d'un peu de terre mêlée de quelques brindilles. Elle prend un mouchoir, se baisse et extirpe l'objet de sa cachette. C'est un smartphone sans vie.

– Commissaire, je crois bien que j'ai trouvé quelque chose !

Une heure plus tard dans le bureau du commissaire, une ampoule clignote lamentablement juste au-dessus de la table. Le commissaire ne supporte plus cette lumière glauque et vacillante. Les signes d'une agonie. Et il n'est pas dans son état normal. En fait, c'est un homme bouleversé. Il n'a jamais su composer avec la mort. Il se lève ; il appelle un agent.

– Vous pouvez changer cette ampoule s'il vous plaît ? Tout de suite, ça serait bien.

Dépité, l'agent sort du bureau et se retourne vers son collègue :

– Il est mal luné !

– Il s'enferme toujours comme ça ?

– C'est un solitaire, oui, c'est sûr. Le boulot en équipe, c'est pas du tout son truc. Pourtant, c'est ça le rôle d'un commissaire. Des fois, on dirait même qu'il aime pas les flics.

– Dans ce cas-là, vaut mieux changer de métier !

La stagiaire ne bronche pas mais elle n'en pense pas moins. Pour elle, aucun doute, le commissaire est un homme doué. Sensible mais doué. Elle corrige sa pensée : sensible *et* doué.

Le commissaire la fait venir dans son bureau.

– Nous devons convoquer son amie à la morgue. Mais bon, l'homme a entre vingt-cinq et trente ans, il est d'ascendance africaine. Je n'ai aucun doute. Appelons les choses par leur nom : cette reconnaissance du corps est une sinistre formalité.

Deux heures plus tard, dans la salle de la morgue, ils sont face à face. Ils ne disent rien, les mots sont inutiles. Soumeya est presque ailleurs, elle se balade quelque part dans ses souvenirs. Sa bouche est sèche. Ses yeux clos. Le commissaire ne pose aucune question. La réponse est dans ce drame qui habite le visage de la jeune femme.

– Je crois que nous pouvons y aller. Je vous ramène chez vous.

Sur le parking, la pluie ruisselle toujours. Le commissaire retire de sa poche le smartphone soigneusement protégé d'un plastique.

– On a trouvé son téléphone.

– Celui dont il n'écoutait jamais les messages, oui, c'est bien celui-là.

– Il y a un enregistrement troublant réalisé avec le dictaphone, tout juste une heure après son départ des Thermes. Entrons dans la voiture, je vais vous le faire écouter.

Les portières se referment. La pluie, évidemment. Les essuie-glaces battent la cadence. Le commissaire enclenche le dictaphone. Il y a d'abord ces chants d'oiseaux nocturnes. Magique.

Wou, wou, wou. Roooo, roooo. Wou, wou, wou.

Et puis un chuchotement, on devine une étrange voix sans âge. Une chansonnette à peine perceptible...

Sur les bords de la Nive
La lumière de la lune
Guide mes pas vers mon infortune.

« C'est un lynchage. L'homme a été tailladé, frappé, torturé. Le visage aussi. Certaines parties du corps sont en lambeaux. Ils se sont déchaînés. »

Le commissaire n'a jamais eu à affronter cette violence-là. Et c'est pour cette raison qu'il a choisi de travailler dans cette bourgade. Comme partout on y est confronté à des cambriolages, à des bagarres à la sortie de boîtes de nuit, à quelques crimes crapuleux. Le plus terrible : les hommes qui frappent celles qu'ils appellent *leurs femmes*. Cette violence-là, elle est partout. On doit l'affronter, se battre. Dans les villes, les villages. Sur tous les territoires, dans chaque région, ici comme ailleurs. Malgré l'horreur, le commissaire a fait face. Mais ça... En rentrant chez lui, l'homme a vomi ses tripes. Depuis, il se repasse le film en boucle; la mise à mort lui tord le ventre.

Il revient le lendemain, livide. La stagiaire ne sait plus quoi faire. Ce matin, elle lui a apporté un pain au chocolat, juste pour lui adresser un signe. Pour lui dire qu'elle était là – même si c'est lui le commissaire et, elle, la stagiaire.

Elle répond à l'étonnement de l'agent qui vient de la rejoindre : « Il n'y a plus de hiérarchie quand il s'agit d'émotion. » Mais le collègue reste sceptique.

Le commissaire ne sait pas comment raconter la vérité à Soumeya. Avec quels mots? Quelles images?

Comment raconter l'horreur ? La laisser deviner plutôt que l'asséner ? Il a été formé à ces questions deux ans plus tôt, une formation d'une semaine. À cet instant, il a tout oublié. Il ne sait plus. Il cherche.

Et c'est à ce moment-là qu'une phrase lui revient en mémoire.

Monsieur M'Bongo voulait me parler d'un projet de librairie qui lui tenait particulièrement à cœur, un projet très original d'ailleurs.

Original ? Pas : *intéressant*, *pertinent*, *bien vu*, *important*. Mais... *Original.*

Alors il se pose cette question : en quoi le projet de librairie de Michel M'Bongo pouvait-il être *original* ?

Le commissaire attrape la stagiaire au vol ; ils rejoignent illico le parking.

– Nous allons voir un banquier !

– Non ?

– Enfin... un directeur d'agence.

Trente minutes plus tard, le directeur reste sans voix. Le commissaire et la stagiaire lui laissent un peu de temps pour digérer la terrible nouvelle.

– Si je peux vous être utile, dites-moi.

– Vous le pouvez. Lors de notre dernière discussion, vous avez qualifié son projet d'*original*...

– Il l'était, oui. En fait, il s'agissait d'une librairie classique, avec une belle visibilité : Monsieur M'Bongo voulait l'ouvrir au centre de Bayonne, dans la vieille ville, près de la cathédrale. C'était important pour lui d'être visible. Mais il souhaitait aussi développer, avec un rayon et une vitrine dédiés et des rencontres-débats, toute une thématique autour des Noirs au Pays basque et en France plus généralement. L'esclavage, la colonisation, l'immigration, les tirailleurs, l'implantation de cultures africaines... Il avait pris beaucoup de contacts, notamment à Bordeaux où ils font un gros travail là-dessus. Il y a des visites du *Bordeaux nègre*, sur les traces de la traite. À Biarritz aussi, il y a toute une polémique autour du nom d'un quartier appelé *La Négresse*. Ça m'avait interpellé, ma femme est d'origine sénégalaise.

– Je comprends.

– C'était un beau projet et Monsieur M'Bongo était la bonne personne pour le porter. Je suis vraiment désolé d'apprendre tout ça. J'ai toujours le dossier si cela vous intéresse.

Le commissaire et la stagiaire quittent la banque, dossier en main. Dans la voiture, les deux sont silencieux. Et ils réfléchissent sec, les neurones sont en ébullition.

Bienvenue aux Journées de l'orientation affichait le panneau à l'entrée du grand hall d'accueil. Une séance obligatoire, intégrée au parcours scolaire. Déjà avant d'entrer, le Lucien tirait une gueule de six pieds de long. Kevin s'était fait une raison, un sale moment à passer et rien d'autre. Seul FilOne espérait qu'on leur propose une formation complémentaire à leur passion : dans les métiers du son ou de la scène par exemple, dans l'organisation de concerts et de tournées, dans le management ou le droit des artistes ou, ou, ou… Que dalle !

« Eh bien, disons qu'il serait raisonnable de changer de voie. Réaliste, surtout ! On ne va pas se mentir Vous pouvez faire de la musique le week-end si ça vous divertit mais, vous savez, déjà à Paris, ce n'est pas facile. Alors ici… »

On assistait à cette journée pour être ramené à sa réalité : les suites logiques d'un lycée agricole, point barre. Il y avait bien ce type, avec son stand *Contre la fracture rurale*, mais il proposait de repérer des potentiels pour Sciences Po et autres grandes écoles. Hors de propos.

C'était il y a trois ans, ils avaient dix-sept ans, l'âge idéal pour briser des rêves et vacciner un jeune contre toute ambition farfelue. Une expérience fondatrice, une de plus, que les trois potos ont partagée, histoire de se donner des forces pour affronter la vie. *La résilience*, comme disent les psys, ils connaissent. Ensemble, les trois gars ont enduré les mêmes galères, contourné le même isolement, ils ont rêvé – surtout quand ça ne leur était pas autorisé. Invisibles, ignorés de la société, emmurés qu'ils étaient par ces absences de perspectives, cet éloignement de tout, ce décentrage du monde, cette sensation d'avoir grandi à la périphérie de la vie.

Vraiment, après avoir partagé tout ça, est-ce qu'on peut faire comme si c'était *avant*, du temps où les trois se captaient sans devoir dire un mot ? Être ensemble comme si rien n'avait changé ? FilOne sait que rien n'est réversible dans ce qui leur arrive. C'est une mutation. Il n'y aura pas de retour. Et ça se lit dans les yeux de Lucien. Le gars est parti ailleurs : de là où il est, il ne reviendra plus. FilOne est triste, si triste. Il écoute du Tribe Called Quest[4], nostalgique à l'ancienne. Lucien était son repère, son mentor. Celui qui dessinait un possible, et surtout un ailleurs. Plus encore : le rêve d'une histoire interdite.

C'était arrivé comme ça, un autre jour lumineux, au bord de la rivière. Les deux garçons étaient étendus à se dorer tranquilles – Kevin avait dû partir plus tôt. Il y avait eu ce jour une sensuelle proximité et le frôlement des peaux, un rapprochement épidermique suscité par les rayons du soleil. FilOne

4. Groupe de rap jazzy américain, formé en 1985.

avait regardé Lucien avec d'autres yeux, d'autres pensées, d'autres désirs. Bien sûr, il n'avait rien dit. Pas un mot. Surtout il n'avait rien fait. Un instant, seul son regard s'était égaré. Mais l'histoire ne serait plus comme avant. Impossible désormais de remonter le temps en oubliant cette journée-là.

Lorsque FilOne revient à la ferme, il entre par la porte de derrière pour ne pas croiser ses géniteurs et filer droit dans son antre. Ni vu, ni connu. En ce moment, la famille vrille en boucle sur son avenir. FilOne s'assied à sa table et va scruter dans un dico de synonymes à l'ancienne que Kevin lui a passé. Il cherche le terme qui définirait le mieux cette fermeture à double tour qui ressort de Lucien. Il choisit *colère* comme point de départ. *Colère* : courroux, rage, ressentiment, rancune, rancœur, dépit, aigreur… *Aigreur*. Et le synonyme du synonyme ? Le synonyme d'*aigreur* ? Amertume, dégoût, rancœur, mélancolie… humiliation. *Aigreur* et *humiliation*, oui. FilOne appelle illico Kevin.

– C'est quoi qui l'a humilié, Lucien ? C'est quoi ou c'est qui ?

– J'en sais rien. Mais bon, en même temps, moi aussi j'me sens humilié. Notre vie elle est humiliante, tu trouves pas ?

– Pas plus que d'autres. OK, y a des coins de France où c'est comme tu dis, mais ici on a de la chance, frère. On a le basque qui nous unit et qu'on parle, nous, les jeunes. C'est rare. On a des traditions et plein de modernité aussi : on se bouge ici, on est créatif. Regarde la marque Ezkexa, elle a ouvert sa boutique urbaine tout en haut de la Rhune. Et y en a plein comme ça.

– Certains, oui. C'est vrai que ça bouge ici. Mais nous trois, frère, on n'est pas seulement des

Basques : on reste des péquenots, des culs-terreux, des bouseux. Nous trois, on est des fils de paysans et on reste entre nous. Eh ouais, ça nous colle à la peau, que tu le veuilles ou non. Arrête de rêver, toi aussi. Réalise un peu ! La réalité, elle a plutôt un goût de cauchemar, voilà, voilà, c'est tout !

Autant dire qu'à la fin de la conversation, le moral de Kevin comme celui de FilOne ne sont pas remontés d'un cran. Les deux garçons restent à ras de terre.

Quant à Lucien...

Sa randonnée en mode furax l'a propulsé sur les collines, celles du Labourd, presque au sommet.

Le voilà seul. Essoufflé, épuisé, vidé. Il est assis à essayer de reprendre des forces, pas vraiment en phase contemplation même si le panorama genre carte postale embrasse les champs de piment, la Nive et les cultures du Bas-Cambo, tout près de Manex-les-Bains.

Lucien, il a les boules de la gorge jusqu'au ventre, un peu partout en fait. Les crampes tordent son corps. Ses muscles brûlent. Il voudrait exploser, hurler sa rage mais tout reste en lui à macérer, à bouillonner, et dans son ventre et dans ses tripes. Ses intestins. Cette vie-là, il n'en veut plus, il n'en peut plus, il la vomit, il la dégueule. C'est bien comme ça qu'il voit sa life : bloquée, coincée. Sans perspective. Fait comme un rat !

4

Père Jean ouvre difficilement la porte de l'église en la poussant de toutes ses forces. D'année en année elle se fait plus pesante. Il sait bien que rien ne change dans le poids de la porte, rien ne s'alourdit. Ce n'est pas le bois qui travaille, pas les armatures, ce sont ses os, ses muscles. Il sait bien que ça vient de lui, de son corps qui faiblit, il le sait, il le sent. Son corps se brise. Et père Jean en connaît le symptôme : l'effort constant, sans relâche. Il y a aussi *ses périodes d'absence*, comme il dit. Seulement quand il est seul, sans témoin. C'est ça qu'il redoute le plus : un jour, un témoin. Ou pire encore : un jour, des témoins.

Père Jean est né à Saint-Jean-Pied-de-Port ; il n'a jamais quitté la cité fortifiée blottie à l'ombre des Pyrénées. Sauf pour des séminaires et, une fois par an, pour une visite à Rome ; le plus souvent à Pâques. C'est à Saint-Jean qu'il a pris racine, là qu'il existe, là où sa vie a un sens. Car ici, à Saint-Jean, tout le monde connaît le père Jean. Il ancre la ville dans cette terre du sud-ouest, au cas où celle-ci oublierait son histoire. L'accueil des pèlerins lors de l'étape de Compostelle, c'est lui, et depuis vingt-cinq ans. Pourtant, très jeune, père Jean se rêvait missionnaire, apportant la bonne parole *en terres lointaines*.

Père Jean a élevé son âme en solitaire. Il a lu, étudié, prié sans relâche. Après dix ans comme directeur du collège privé Sainte-Marguerite, il a subitement mis fin à ses fonctions un jour, en 2016, sans jamais expliquer la raison de son geste.

On admire sa rigueur, c'est un homme droit. On s'incline devant la sobre aura d'une vie austère, au service de tous. On apprécie l'homme de foi, la profondeur de ses conseils, la puissance de ses sermons. Un jour, son nom se transmettra de conte en chanson, de village en village, à partir d'instants réels et d'histoires inventées.

Mais aujourd'hui, père Jean n'en est pas du tout là. Son visage est creusé. Surtout, l'effort le plaque contre le portail, enfin ouvert. L'humidité se fait sentir ; peu à peu elle gagne tout son corps. Le ruissellement de la sueur se faufile depuis le haut de son front – en extrême tension – et jusqu'au bas du cou. Sa bouche, sa langue rappeuse, sa gorge sont d'une sécheresse torride. Ses aisselles, puantes et collantes.

D'un coup, le jet de pisse jaillit, giclant sur sa cuisse. Il inonde la jambe de liquide jaunâtre. L'odeur est forte et âcre.

Père Jean est un homme cerné.

Ce matin, il est épuisé. Vidé. Plus rien ne répond en lui.

C'est donc frère Hugues qui accueillera les nouveaux pèlerins pour cette messe exceptionnelle suivie d'un temps d'échange à la paroisse. Si les plus téméraires, *les plus habités* dirait père Jean, font tout le pèlerinage – 1600 kilomètres en deux mois – beaucoup ne réalisent que quelques étapes initiatiques, parfois une seule.

Aujourd'hui, et pour la première fois depuis tant d'années, père Jean assistera en spectateur : il se refuse à garder le lit. Il sait jouer avec les apparences, il a appris. À l'église, au premier rang, il écoute frère Hugues avec attention.

– Je sais que beaucoup d'entre vous ne sont pas des catholiques pratiquants. Certains n'ont pas les codes, la culture surtout, pour participer à notre messe. Mais vous avez le cœur et c'est cela l'essentiel. Que Dieu vous aide à continuer ce pèlerinage, vous êtes venus le vivre dans la foi.

– Amen.

La première salle de la paroisse est envahie de sacs à dos et d'accessoires de route. Des duvets en grand nombre et quelques casseroles à tambouille pour les plus roots d'entre eux. C'est dans la pièce suivante qu'un sobre buffet a été dressé afin de mieux partager l'instant.

S'aidant d'une canne, père Jean s'approche de frère Hugues.

– Le cœur, le cœur, oui bien sûr. Mais la culture, les rites, l'histoire sont essentiels. J'espère que la plupart en sortiront avec la soif d'apprendre et de transmettre.

– Vous me trouvez un peu laxiste ou moderniste, père Jean ?

– Je dis juste cela : n'oublions pas les fondamentaux.

Autour du buffet, des groupes se forment, mêlant générations et nationalités. On se raconte les petites et grandes histoires du pèlerinage, on partage des souvenirs. On s'en amuse, on sourit, on est ému. Il y a les novices, les récidivistes et il y a les accros. À chacun ses anecdotes ou ses interrogations. Cette dame, cheveux gris coupés court, jupe écossaise, est une pragmatique :

– Rien ne sert d'en faire trop. Je connais mes limites et ma devise est simple : *À chaque jour suffit sa peine*. Les ampoules sur mes pieds connaissent la chanson !

D'autres sont plus allégoriques.

– Toute la vie est un chemin. Le pèlerinage le plus dur, c'est celui de tous les jours, commente cet enseignant qui a l'air d'en savoir quelque chose. Ici, on vient chercher un peu de sérénité.

– La spiritualité n'est pas forcément religieuse. Personnellement, je me définis comme agnostique.

Et vous voyez, je suis là, en communion avec vous et heureuse de l'être.

– Moi ce que j'aime, c'est ce climat d'attention à l'autre. C'est déjà une forme de prière.

– Et la rencontre avec la nature !

– Ah, la nature...

Père Jean écoute d'une oreille attentive ; il tente de repérer des tendances, des vocations plus élevées. Comme dans ce troisième groupe :

– Le pèlerin marche sur le chemin de la découverte et de la rectification. Je n'avais pas la foi quand je suis partie. Sur la route, j'ai vécu une rencontre intérieure avec le Christ et ça m'a bouleversée.

– C'est extraordinaire ! Une véritable métamorphose. Je dis toujours : *Je suis parti marcheur et arrivé pèlerin.*

C'est bien ce groupe que père Jean rejoint. Il s'adresse à ces hommes et femmes en quête de sens :

– Vous le savez sans doute, ce pèlerinage a lieu depuis plus de mille ans. Mille ans ! Jusqu'au lieu où le corps supplicié de saint Jacques fut transporté en Galice espagnole. Là où réside son tombeau, un lieu sacré qui fut caché lors de la terrible invasion musulmane. Saint Jacques, apôtre de notre Seigneur et Sauveur, frère de Jean, apôtre et évangéliste, tous deux fils de Zébédée que vénèrent la Gaule, l'Angleterre, le Latium, l'Allemagne et toutes les provinces de la chrétienté, dont l'Espagne bien sûr, car elles le tiennent pour leur patron et protecteur.

Une femme, la quarantaine menue, s'approche d'eux. Elle a entendu père Jean.

– J'ai le souvenir, un souvenir troublant à vrai dire, d'un tableau de Reque Meruvia, une peinture murale peu connue. Elle se trouvait aux Archives générales militaires de Madrid. Le tableau est aujourd'hui au musée des Armées d'Avila. Il date de 1948, son titre est *Alegoria de Franco y la Cruzada.* Cette allégorie de la guerre civile illustre bien le lien entre Franco et saint Jacques. Eh oui! En bon Galicien, le général Franco avait une grande dévotion pour saint Jacques qui apparaît dans la fresque sur son cheval, juste au-dessus du dictateur. Certains voient ce chevalier blanc comme l'image symbolique d'un combat spirituel. Il serait le *miles Christi,* le *chevalier du Christ*! Le thème et le titre de la peinture indiquent bien qu'il s'agit d'une victoire par les armes dans les combats franquistes contre les Républicains.

Pour plusieurs d'entre eux, pas tous, c'est une douche froide!

– Voilà qui est moins réjouissant.

– Oui mais il faut contextualiser. C'est vrai que Franco a réhabilité le patronage de saint Jacques sur l'Espagne et ses armées. Il a donné un nouvel essor au pèlerinage de Compostelle où de nombreux officiers et soldats nationalistes sont venus prier. En 1948, il exprimait le vœu que ces chemins « s'ouvrent au-delà du rideau de fer ». Tout ça, c'est vrai.

Père Jean ne fera aucun commentaire. Il est tard et la fatigue le submerge.

– Je vous prie de m'excuser, je vais devoir vous laisser.

Frère Hugues l'observe s'éloigner péniblement, la démarche hésitante et lasse pour rejoindre son domicile.

Père Jean n'a pas bougé de chez lui depuis quatre jours. Tout autour, on s'inquiète : ça n'est pas du tout son genre de disparaître, de ne plus ouvrir sa porte, de ne pas répondre au téléphone, de se cloîtrer comme un rat sans donner signe de vie. Ça n'est pas son genre de faire le mort. On ne sait pas, non, on s'interroge, alors on parle. Et lui, il n'aime pas ça. Seulement, voilà... Père Jean n'a pas le choix. Il doit attendre que la crise passe. Cette fois, elle a duré bien plus longtemps.

Le médecin avait été très clair : la progression de la maladie était inévitable.

– Vous ne vous ménagez pas, vous en payez le prix.

– C'est drôle, cette expression, *se ménager*, vous ne trouvez pas, Docteur ? Il faudra que je cherche.

Ce matin-là, enfin, plus de tremblements ! Père Jean va même jusqu'à se glisser dans la salle d'eau aux murs vert pâle – pas la meilleure couleur pour lui redonner bonne mine. Il affronte le reflet de son visage amaigri, épuisé et tendu sous la lumière verdâtre, dans le petit miroir au sinistre néon juste au-dessus du lavabo. La vision est blafarde, mais il se reconnaît enfin.

Rassuré, il rejoint la grande pièce, écarte le rideau de la fenêtre et cela envoie un signe fort à l'extérieur. Le signe d'un retour. « *Aaaaah* ! » Un cri jaillit, soulagé, presque guilleret.

Ils sont quelques-uns à attendre sous une pluie légère mais déprimante, juste en bas de chez lui, à guetter un signe de vie qui arrive enfin. Père Jean chasse les fantômes ; il ouvre grand les battants. Il sourit aux fidèles. L'air circule à nouveau à l'intérieur, c'est le jour d'une renaissance.

Plusieurs fidèles applaudissent ; père Jean leur adresse un dernier signe de la main avant de refermer la fenêtre.

Sur la table, le missel qui ne l'a jamais quitté. L'intime, celui de l'enfance, des jours étranges et solitaires.

Au mur, une impressionnante bibliothèque. Les livres d'histoire sont en première place. On devine quelques sujets de prédilection : croisades, royauté et Révolution française, Napoléon et colonisation trônent en vedette. Il y a aussi le méconnu René Binet, c'est sa passion. Il devance même les ouvrages d'ergonomie religieuse.

Père Jean vérifie la date dans son agenda, l'heure à sa montre. Il commence à se rétablir et ça tombe bien, il était temps. On frappe à la porte, trois coups secs, c'est le bon code.

5

Le coup de fil est arrivé en milieu d'après-midi. C'est une femme qui appelle. Elle travaille aux Thermes. Surtout au spa, parfois au restaurant. Elle veut parler au commissaire. Elle a des choses à dire, et des choses importantes.

Le commissaire la prend en ligne. La femme s'appelle Rosa, elle est en poste depuis cinq ans. Elle s'entendait bien avec Miguel. Il était aimable, doué, intelligent. Et sympathique. Elle dit : « On a commencé à lui faire des remarques ». Il devait rester en retrait. « Être discret ». Rosa n'a pas compris la demande car… « Il l'était, discret ! » Il n'avait jamais tenté quoi que ce soit avec elle, contrairement à ce que le maître d'hôtel insinuait. Il s'était déjà présenté, un an plus tôt, pour des remplacements mais on ne l'avait pas pris. Et comme on ne trouvait personne, le maître d'hôtel avait fini par céder. Il était bien obligé, faute d'autre candidat. L'année dernière un poste de serveur à plein temps s'était libéré mais on ne l'avait pas proposé à Miguel. Pourtant, il n'y avait rien à redire à son travail. Elle s'indigne la dame Rosa, elle est outrée. Mais le pire… Un jour, elle a entendu le maître d'hôtel parler à une serveuse : *Un nègre en poste ici, ça, jamais* ! La serveuse n'avait pas bronché, elle n'était même pas surprise. Pourtant c'était une fille sympa. Elle s'appelait Mathilde. « Une fille dynamique ». Quand Rosa a entendu cette phrase, « une phrase immonde », elle a failli s'en étrangler mais, finalement, elle est restée comme ça, sans voix. Sans souffle. Elle est restée muette et elle ne se le pardonne pas. Et puis elle les a vus, les regards haineux. Elle les a sentis. Elle dit encore : « Miguel faisait avec ». Elle croit qu'il s'en fichait. Il était dans son monde. Sa vie était ailleurs. C'est ça qu'elle aimait chez lui. Cette manière de glisser. Elle ajoute : « Il avait quelque chose d'aérien ». Voilà tout ce qu'elle a raconté, la dame Rosa, avant de préciser qu'elle serait prête à témoigner s'il le fallait. À dire haut et fort ce qu'elle sait, ce qu'elle avait vu et entendu. La dame Rosa aurait pu demander un rendez-vous à *Madame*, Jeanne Labrume, la directrice, pour l'informer de ces pratiques. Elle ne l'avait pas fait. Désormais, elle est à la disposition de la police. Parole donnée. Elle ne reviendra pas dessus.

Deux heures plus tard, une convocation est adressée au maître d'hôtel.

L'homme est là. Assis face au commissaire. Dans les cinquante-cinq ans, stylé, le buste droit. Il ne nie pas, il assume tout, n'a honte de rien :

– Il tournait tout le temps autour de Rosa, c'était dégoûtant.

– Dégoûtant ? C'est un mot particulier.

– Dégoûtant, oui. Je ne voulais pas de ça dans mon restaurant. Je dis *mon restaurant* car j'ai en charge la cohérence du lieu. J'ai carte blanche pour le gérer. Les gens ne viennent pas ici pour voir ça.

– Monsieur le maître d'hôtel, est-ce que la couleur de peau de Miguel M'Bongo aurait un rapport avec ce terme : *dégoûtant* ?

– Je n'ai pas à répondre à cela. C'est une simple question de sensibilité.

On cherche dans le passé et le présent du maître d'hôtel. Et on ne cherche pas longtemps. L'homme a été exclu du RN pour des propos – publics – incitant à la haine. Après avoir tergiversé, même Reconquête, le mouvement du petit Zorro, n'a pas voulu de lui. Veuf, il a définitivement rompu avec son fils parce que le gamin s'était marié avec une musulmane. Un CV ad hoc avec une dose d'obsessionnel hors du commun.

Cerise sur le gâteau, le maître d'hôtel n'a aucun souvenir de sa soirée après la fermeture du restaurant. Pas d'alibi, du cousu main. Pour le moins, une chose est sûre : le maître d'hôtel est dans de très sales draps.

La stagiaire apprend beaucoup de cette enquête. Elle apprend et elle réfléchit. Ça la travaille. Elle ne peut pas imaginer le maître d'hôtel en chef de gang – car ils étaient plusieurs – ni en exécutant. Ni l'un ni l'autre. Le commissaire l'écoute attentivement.

– Je partage votre opinion. La guerre entre les deux hommes tient probablement à l'aspect militant du projet de librairie. Dans tous les cas de figure, le maître d'hôtel sait beaucoup de choses et il parlera. C'est une question de temps. Nous allons lui signifier sa mise en garde à vue.

Elle roule, elle roule, Jeanne Labrume conduit dans la nuit. Elle fuit les monstres de l'enfance.

Elle a appris la garde à vue du maître d'hôtel. Le commissaire est venu la voir. Un drôle de type.

– Vous n'aviez jamais entendu parler des divagations racistes de votre employé ?

– Il n'a pas fait ce genre de remarques devant moi. Il s'était juste inquiété, rien de plus... Les clients pourraient être surpris de voir un serveur africain dans un restaurant de gastronomie française. Il n'a rien ajouté d'autre. Cela pouvait s'entendre.

– Vraiment ?

– Vous savez, les gens sont très conservateurs.

– Pas dans cette région.

– Mais nos clients viennent de toute la France.

– Ce que vous dites porte un nom : c'est de la discrimination.

– Je n'avais pas vu les choses sous cet angle. Désormais j'y veillerai. Soyez-en sûr.

– C'est un peu tard pour Miguel M'Bongo.

– Commissaire, vous n'imaginez tout de même pas notre maître d'hôtel se transformer en loup-garou, prêt à tuer sur les bords de la Nive ?

Le ton est détaché, quasi ironique. Jeanne le constate immédiatement : cette remarque n'était pas opportune. Elle traduit un sacré manque d'empathie pour la tragique destinée de son jeune serveur. Et cela n'a pas échappé au commissaire.

Jeanne Labrume n'est pas fière d'elle. Elle n'a pas assuré et elle déteste ça. *Ce que l'on rate une fois n'est jamais rattrapable*, c'était la devise mille fois répétée, celle de son père, le militaire.

Alors elle roule dans la nuit, elle glisse entre les monstres, les elfes de l'enfance. Sa manière d'exorciser les mauvaises pensées, les idées négatives. Sa façon de reprendre appui. Forte, conquérante.

Elle sent la vibration venir de son smartphone.

Le pseudo masculin apparaît sur l'écran. Jeanne Labrume retrouve son sourire. Voilà qui la change de cette triste journée, ennuyeuse à mourir. Comme un anniversaire solitaire fêté au buffet de la gare de Bayonne. Pire : affublée d'un tailleur beigeasse de type Gérard Darel, un jour de pluie sans fin.

L'homme, le maître d'hôtel, a avoué, livré tous les détails dès le deuxième jour de garde à vue. Son moteur ? La haine et rien d'autre. Sa terreur : fatalement être supplanté un jour par *un de ces Africains*, remplacé dans son rôle et sa stature de maître d'hôtel. « Que peut-on imaginer de pire ? » dit-il.

Sans hésiter, mais en travaillant son plan avec assiduité, il a organisé l'exécution. Il n'a pas eu de mal à trouver les hommes dans le milieu qu'il fréquentait, moyennant une belle somme offerte en bonus. Le maître d'hôtel ne livrera aucun nom car il les remercie, ces hommes, pour leur *bonne prestation*, ce sont les mots qu'il emploie. Leur *prestation*. « Je suis le seul coupable. » C'est lui qui l'affirme. Il assume tout, il n'a aucun regret. « Nous sommes en guerre, c'est un fait. » Aucun regret et aucun doute.

Spectatrice derrière la vitre sans tain, la stagiaire est médusée. Elle ne connaissait pas ce monde-là, n'avait aucune idée de son existence. Elle tremble. Quand l'homme regagne sa cellule, il passe tout près d'elle. Elle en garde une sensation terrible, celle d'avoir frôlé l'horreur.

Dans sa chambre, DJ FilOne fait les cent pas. Deux cents, trois cents même. Le voilà comme un tigre en cage, et juste après la capture. Il envoie valdinguer ses cocos chéris, des collectors publiés en 1940 : sa pile de la BD *Mandrake*, le sombre magicien hypnotiseur, looké haut de forme et gants noirs.

Ce qui le mine, c'est l'incompréhension. Le DJ n'a aucune clé pour saisir la situation, aucun repère. Maître de rien. Hier, après des semaines de silence, Lucien était arrivé tout guilleret à leur rancard. Même Kevin n'en était pas revenu de le voir se trimbaler cette soudaine légèreté. Comme ça, tout simplement, fier de lui. Du coup, Kevin et FilOne avaient tenté de le brancher sur les projets du Euskal Herria Crew. Des concerts ? Pourquoi pas un album autoproduit ? La musique, les lyrics, depuis toujours, c'était leur vie, leur combat. Mais là, une évidence : le Lucien n'en a plus rien à battre de leurs histoires. Le voilà sorti de son côté obscur – ce jour-là en tout cas –, extirpé du fond de ses abîmes… *Reborn* [5], oui. Mais pas pour les retrouver.

Le face-à-face avait été douloureux. Minute après minute, Kevin avait progressivement abandonné toute argumentation, laissant le sale boulot à son pote, le DJ. Il avait fait marche arrière, se retirant peu à peu de la conversation, allant chercher en lui une ultime ressource, une possibilité de rebondir

5. Allusion à *Nouvelle naissance*, mouvement de convertis à l'évangélisme.

qu'il n'avait pas réussi à trouver. L'huître s'était refermée. Et FilOne était resté seul en piste pour affronter Lucien :

– Ah ouais, un stage aux Thermes de Manex ? Tu vas faire quoi ? Asperger les curistes de boue thérapeutique ? Nettoyer des sinus gavés de pesticides, esquintés au CO2 ? C'est ça qui te fait kiffer ? Bravo mon gars !

Pire que tout : le Lucien n'avait rien répondu. Pas un mot, pas un son. FilOne était furax, vraiment furax. Quant au Kevin, il n'avait pas prononcé une phrase. Absent, nada, une désertion.

– Et toi, tu fermes ta gueule ? Franchement, les gars, vous me filez la gerbe. Dix ans qu'on est à fond dans notre rap, tout ça pour rien, ouais, c'est clair. Tout ça pour rien du tout !

C'est le moment où le Lucien s'était levé ; le gars avait tranquillement rangé ses affaires dans son sac à dos. Et puis il s'était cassé. Comme si de rien n'était. Parti, quoi. Fin de l'histoire.

Alors depuis, FilOne fait les cent pas dans sa chambre, deux cents, trois cents même.

Sa tête éclate. Elle résonne d'un trop-plein de bruits ; à l'intérieur ça cogne. Il y a tout ce qu'il a dit et tout ce qu'il tait. Les renoncements et les lâchetés. Les fuites, les silences. Les faux-semblants depuis cet après-midi passé seul avec Lucien, au bord de la rivière. Depuis les caresses du soleil et le frôlement des peaux. Peut-être, sans doute une illusion.

Les battements de son cœur lui défoncent la cage thoracique.

FilOne a la rage. La rage de ne pas pouvoir agir, de ne pas passer aux actes. Maître de rien, non.

Maître de rien!

Bang Bang!

Soumeya aurait tellement besoin de quitter la région, quelques jours au moins. Impossible tant que l'enquête suit son cours. Son désir de grande ville, d'anonymat, de foule et de mouvement, sa brûlante envie de Paname resteront sans réponse. Un fantasme. Elle est comme ça, Soumeya, elle a choisi la douceur et le mystère du Pays basque pour y poser ses valises mais elle a aussi besoin de s'évader sur les artères des grandes métropoles. Elle aime leur fureur, leur radicalité. La force des architectures, ça lui parle, ça lui murmure à l'oreille des mots irremplaçables.

Alors Soumeya rêve, elle se projette des images amoncelées dans un recoin de sa mémoire. Les souvenirs, c'est son ciné-club intime, une méthode de compensation.

Elle remarche sur les trottoirs, tranquille, elle avance le talon claquant sur l'asphalte humide, étincelant de gouttelettes éparpillées. Il a plu sur Paris cette nuit.

Pas à pas, elle entre en scène. La cinéphile s'imprègne des déambulations urbaines de femmes sur les écrans du septième art, celles qu'elle a tellement aimées, celles qui l'ont subjuguée. L'angoisse de Jeanne Moreau cernée par la trompette de Miles Davis [6]. Les provocations jubilatoires de Bulle Ogier perturbant d'assommantes fêtes de Noël [7]. Nathalie Baye et ses tournées de bars en

6. *Ascenseur pour l'échafaud*, Louis Malle.
7. *La Salamandre*, Alain Tanner.

mode solitaire[8]. Tout ça l'habite ; elle est dedans. Paris, la rue, les femmes.

Soumeya ne le formule pas comme ça, pas avec ces mots-là, ne se l'autorise pas, mais tout au fond d'elle-même se planque un vrai désir : inventer, cadrer, éclairer, filmer, cerner. Réaliser, en fait.

Un monde si loin d'Ustaritz. Pourtant, lorsque son choix s'est arrêté sur cette région, la présence de salles Art et Essai dans de toutes petites villes, Manex-les-Bains, Cambo, Saint-Jean-Pied-de-Port, a pesé dans la balance. L'endroit était connecté avec elle. *Je ne sais pas comment font les gens qui ne vivent que du réel* : ces mots de Miguel, Miguel M'Bongo, ont retenti si fort.

Alors elle rêve. Elle traverse le passage du Grand-Cerf, elle y rencontre un univers boisé, d'anciennes vitrines, une verrière qui filtre la lumière. C'est ça la magie de Paris. Chaque quartier raconte un monde. Chacun a ses histoires, son élégance. Sa brutalité aussi. Ce passage du Grand-Cerf n'appartient pas au réel. Il se livre comme une boîte de Pandore. C'est un lieu habité, un appel à fantasmagorie.

La voilà qui débarque dans une rue très vivante avec plein de terrasses de bars éparpillées sur des trottoirs étroits. Il faut frôler les corps pour se faire un chemin, heurter des rires et des vapeurs de

8. *Le Petit Lieutenant*, Xavier Beauvois.

cigarette, des fragrances alcoolisées et des parfums sophistiqués, saisir des mots, un seul peut-être, presque des phrases, surprendre un regard. La chaussée est encombrée de rendez-vous intimes et de groupes d'amis, lourde de confidences, de cris de joie et de rires convulsifs, d'incertitudes, d'errances, de drames aussi.

La rue parisienne est un théâtre effervescent. Fascinée, Soumeya emmagasine les sensations autant qu'elle peut. C'est son butin à elle. Et cette richesse-là, personne ne pourra la lui prendre.

Et puis il est apparu. La silhouette est grande, autour d'un mètre quatre-vingt-cinq. Une musculature fine et affirmée. Sa longue robe scintille de paillettes pastel, tout comme la baguette magique qu'il promène délicatement sur le torse des personnes attablées. II chante un air d'opéra d'une voix de ténor affirmée. Intrigant, il accroche les regards, les conversations se taisent le temps de son passage, il ne traîne pas, il déambule de table en table. On se retourne mais il est déjà loin. Il laisse dans son sillage une poussière de paillettes envolées.

Soumeya l'a observé s'éloigner et disparaître. Puis elle a repris sa route pour rejoindre son hôtel.

Dans sa réserve d'images et de sensations, tout est inscrit et tout y restera.

En attendant, elle est là et bien là.

Soumeya écoute le commissaire lui raconter les événements des derniers jours. Le témoignage de Rosa, l'arrestation du maître d'hôtel, ses aveux immédiats. Elle écoute, enregistre chaque mot, chaque info. Du coup, c'est ça l'idée ? Miguel, victime d'un nazillon solitaire ? Trop absurde. Comment donner un sens à une pareille histoire ?

– Et ses hommes de main vont s'en tirer sans rien ?

– Il refuse de les livrer mais nous les cherchons et nous les trouverons. Nous épluchons tous ses contacts, son emploi du temps. Nous avons repéré des zones d'ombre mais cela va prendre du temps. C'est un homme très organisé et prévoyant, un solitaire : pas de téléphone portable, pas d'ordinateur, ni de GPS ! Donc aucun traçage possible. C'est très rare aujourd'hui et c'est sûrement prémédité.

Il lui donne tous les éléments. Aucun témoin : le maître d'hôtel habitait une maison très isolée. Aucun voisin, pas de famille – le veuf avait renié son unique fils. Il l'estimait « vendu aux conquérants ».

Alors Soumeya et le commissaire restent silencieux, habités par la même pensée, la même question. Miguel M'Bongo ne disait rien de son projet, ou si peu. Rosa elle-même n'en avait pas connaissance. Comment le maître d'hôtel aurait-il pu entendre parler de cette mission militante ?

« Il a pu l'espionner. Ou alors... peut-être n'en savait-il rien. Son animosité vis-à-vis des hommes noirs pourrait être le seul motif de l'exécution, et

Miguel M'bongo, la première victime de son obsession. Une sorte de passage à l'acte délirant après des années de rancœur et de paranoïa encouragées par les discours ambiants. »

Et puis arrive cette chose qui trace sa route, finit par poser ses mots et ronger les quelques certitudes du commissaire : le doute. Il est en poste depuis cinq ans dans la région. Cinq années sans histoire. Mais avant ?

En communion avec les interrogations intimes du commissaire, Soumeya verbalise la question qui se fraie un chemin.

– Une première victime ? Vous en êtes sûr ?

Le commissaire appelle la stagiaire.

– J'ai du boulot pour toi. Épluche les dossiers des crimes non élucidés ces dix dernières années. Une précision : nous cherchons des victimes d'origine africaine. Ou maghrébine. Regarde aussi du côté des disparitions. Si quelqu'un refuse de te confier les archives, tu me fais appeler.

La stagiaire s'élance, émoustillée par l'importance de la tâche. Elle se retrouve dans l'officine qui l'accueille avec une impressionnante pile de dossiers poussiéreux. *L'informatique, ils ne connaissent pas ou quoi ?* Peu importe. C'est une acharnée, une dingue de travail. Une missionnaire. C'est comme ça qu'elle existe. Alors elle fonce : elle dévore les pages, épluche, compare, souligne, n'oublie aucun détail. Tout est passé au crible.

Douze heures plus tard, la voilà prête à livrer ses conclusions. Le commissaire la fait venir dans son bureau.

– Nada ! Rien du tout, désolée. Et j'ai fouillé partout. Pas la moindre disparition non élucidée d'un Black dans la région ces dix dernières années. Et pas d'Arabe non plus.

Le commissaire en retire un mélange de déception et de soulagement. Les contradictions du métier.

– Merci, on aura cherché.

– Ah ça oui, pour avoir cherché… Par contre, Commissaire, je n'ai pas de Black, c'est vrai, mais…

– Oui, mais quoi ? Vas-y, accouche !

– Mais j'ai un rabbin. Je ne sais pas si… Juste au cas où.

– Sors-moi le dossier tout de suite !

6

« J'ai peur de rechuter. Je suis dans une affaire terrible, c'est plutôt une histoire terrible. La violence des hommes, la violence sur les femmes, j'ai eu beaucoup de mal. Et maintenant, je suis pris dans la race. Je suis terrifié. »

Il observe la photo de sa grand-mère, Oma Bernstein. Son doigt effleure l'image, le visage, le sourire. Son parfum lui revient, il parle à Oma, il lui raconte, ça le soulage, le calme un temps. Le commissaire connaît ses limites, il les redoute. Besoin de cette intimité. Oma est morte, elle n'est plus là, ça il le sait. Pourtant parfois… Elle reste présente ; il le prend comme une chance, un privilège.

Un souffle frôle, caresse l'oreille du commissaire. Un effluve.

– Dans la race, *meyn kleyn*[9] ?

9. *Mon petit* en yiddish.

Les médias se sont emparés de l'affaire Miguel M'Bongo. On est allé voir sa famille adoptive, un frère, une sœur ; ils vivent à Nantes. Son ex-femme à Paris. Un jour, ils ont trouvé l'adresse de Soumeya, ils ont sonné chez elle, lui ont promis l'anonymat. Calfeutrée dans sa chambre, elle n'a pas répondu. Mais le commissaire et le préfet ont obtenu une chose : pour l'instant le visage de M'Bongo ne sera pas révélé. Des photographes sont planqués dans les alentours du parc des Thermes. Les curistes sont stupéfaits, on ne parle que de ça. *Vous vous rendez compte ?* Les associations antiracistes, le CRAN[10] organisent des rassemblements qui ont un vrai écho. *Les vies de Noirs comptent* ! Des jeunes et des très jeunes s'y retrouvent pour exiger la vérité et hurler leur colère.

Depuis deux semaines, FilOne et Kevin n'ont pas revu Lucien. Seulement croisé sa daronne qui vendait sur le marché des œufs et du fromage de brebis élevées dans un patelin garanti sans OGM. « Bien, oui, il va bien, il ne vous a pas fait signe ? »

Pas un message, non, et rien sur Snapchat. Que dalle. Une chose comme ça n'est jamais arrivée. Jamais depuis leur naissance et ce n'est pas rien quand même, après vingt ans de vies fusionnelles !

10. Conseil représentatif des associations noires.

Les voilà à nouveau à la grange, Kevin a amené du son.

– Je vais te faire écouter un truc d'enfer. Cher[11], tu connais ?

– ??????

– On pourrait en faire une super reprise, un truc qui nous ferait tester autre chose que le rap, histoire d'évoluer aussi. C'est une chanson, mais tu vas voir : le potentiel est là.

Années 60 ou 70, il ne sait pas. Il *googlise* pour vérifier. 1966, l'âge des cavernes.

– Lucien, il n'aimera pas ça, il veut du message.

– Lucien, il n'est pas avec nous. Et il nous fout le seum. Oublie-le cinq minutes.

– Vas-y, envoie !

Bang Bang
He shot me down [12]

– J'avoue !

– Et voilà la version de Nancy Sinatra, la fille d'un crooner mafioso. Et celle pour la BO du *Kill Bill* de Tarentino. Last but not least : la version rock du groupe français Parabellum.

– Ça pourrait le faire.

---

11. Actrice et chanteuse américaine.

12. *Bang Bang (My baby shot me down)*. Single de Cher, extrait de l'album *The sonny side of Cher*. Réalisation : février 1966. Paroles, musique, production : Sonny Bono. Label : Imperial.

– On peut cartonner tu veux dire ! Mets-toi aux platines. Ça donnerait quelque chose comme ça...

Bang Bang
He shot me down
Bang Bang
I hit the ground
Bang Bang
My baby shot me down.

– Ça me dévore. Je suis en train de quitter le rationnel. Je perds pied.

Il fixe la photo. Il attend.

– Mais la race *meyn kleyn*, la race, ça n'a rien de rationnel.

– Oma, je ne sais pas où je vais. Une seule chose est sûre : ça sera ma dernière affaire. Après, je lâche tout. Je me fous de ma carrière, je me fous de ma hiérarchie, je me fous de tout. Je veux seulement coffrer ces gens. Le reste ? Je suis prêt à tout. Et c'est bien ça le problème : je suis prêt à tout.

Oma Bernstein ne dit plus rien.

C'est une étrange journée, un mercredi, jour des enfants, le temps est comme en suspension. Personne n'en a conscience, on vaque à ses occupations. On fait les gestes de tous les jours, on prend un café, on bosse, on se rend enfin chez le dentiste.

Kevin est parti se faire tondre la boule à zéro. Remotivé, FilOne travaille sur l'instru de *Bang Bang*.

Attentive, Jeanne Labrume revoit les plannings du personnel. Le commissaire et la stagiaire font le point sur les dernières infos. Père Jean range sa bibliothèque en s'attardant sur ses ouvrages préférés. Soumeya révise ses partiels, un peu ailleurs, un peu absente. La guide prépare sa prochaine conférence aux Thermes : l'histoire des chants et musiques basques. Une journée qui s'étire, qui ressemble à tant d'autres.

Et pourtant…

Onze heures, la femme fait entrer le commissaire dans un petit salon sombre, surchargé d'objets, de tentures et tapis. Une pendule carillonne. Il s'assied dans un fauteuil trop grand pour lui. Elle a demandé aux ados d'aller dans leur chambre. Elle ne veut pas remuer tout ça devant eux. Elle s'en excuse presque :

– Ils étaient très jeunes quand c'est arrivé.

Le commissaire cherche comment aborder l'histoire. Mais il n'a pas besoin de le faire : c'est elle qui se lance et commence à raconter. C'était il y a sept ans. Son rabbin de mari aimait se promener, le soir tombant, sur les bords de la Nive. Elle, ça ne lui plaisait pas ; elle trouvait ça dangereux. « Il ne savait même pas nager. » Lui, ça le faisait rire. *Tu lis trop de polars*, il disait. N'empêche : elle n'était rassurée que lorsqu'il rentrait de balade. Mais un soir, c'était un mardi d'été, son mari n'était pas revenu. Elle l'avait appelé, appelé, attendu deux heures et puis, n'y tenant plus, elle avait contacté la police.

Un à un, des jours terribles s'étaient écoulés. Tout avait été envisagé : une brutale décision de quitter le foyer, une liaison, une amnésie passagère, les prémices d'une maladie, des problèmes avec le fisc. Elle ne sait plus quoi d'autre encore. Les médias avaient publié la photo de son mari pour des appels à témoignages. Plusieurs personnes s'étaient manifestées. On aurait vu le rabbin à Paris, au Sacré-Cœur (« Au Sacré-Cœur ! Vous imaginez ça ? Et pourquoi pas au Vatican ? »), à Biarritz et bien sûr à Tel Aviv : *Si, si, je vous assure, il priait à l'aéroport.* Que des fausses pistes. Elle savait qu'il n'aurait jamais fait ça. Partir de son plein gré ? Abandonner femme et enfants ? Elle n'avait eu aucun doute sur lui, sur sa fidélité, son intégrité. Aucun.

– Et vous imaginiez quelque chose ?

– Rien de rien. Ça, c'est le plus terrible.

Elle propose au commissaire un verre de jus d'orange acheté au supermarché casher. Pendant un temps, elle se tait. Et puis elle reprend son récit.

– Enfin, dix jours plus tard, je m'en rappelle, c'était un matin tôt après une nuit d'insomnie, la police a appelé. Un pêcheur avait vu *quelque chose* dériver sur l'un des bords de la Nive, *un corps sans doute*. C'était lui. Il avait été battu. Il est mort sous les coups.

Sa parole s'étrangle tout au fond de sa gorge. Le commissaire lui sert un verre d'eau.

– Il n'avait jamais été menacé, jamais au grand jamais. On ne lui connaissait pas d'ennemis. C'était un homme aimé, respectable et respecté. Un homme gentil. On n'a jamais retrouvé les coupables.

La femme raccompagne le commissaire à l'entrée. Au moment où elle entrouvre la porte, une forte rafale de vent s'engouffre dans la maison. Une puissance inattendue.

– Mon Dieu, vous avez vu ça ? C'est incroyable !

Le commissaire ressort troublé de cette visite. Il y a sept ans, le maître d'hôtel était déjà en poste aux Thermes. Mais un tueur compulsif laisse rarement autant d'années s'écouler entre deux crimes. Quoique…

Le commissaire est un cinéphile averti et un vrai fan de David Fincher. Il se remémore le tueur de *Zodiac*. Le type pouvait disparaître dix ans avant de frapper à nouveau.

Sur le chemin du retour, il arrête sa voiture et descend sur le bas-côté pour observer les mouvements tourmentés du ciel. Son regard tente de percer le mystère des nuages. Le gris par endroit se teinte d'un noir intense et menaçant. Le vent souffle de plus en plus violemment.

Une heure plus tard, des pluies torrentielles s'abattent sur la région. Personne ne les a vues venir. La météo n'a pas anticipé une telle radicalité, une telle force des précipitations.

Depuis son bureau, Jeanne Labrume voit le ciel déchiré s'abattre sur la Nive. Les éclairs comme des crevasses, sous la lumière noir-argent.

Deux heures plus tard, c'est encore pire. Un mur de pluie d'une telle densité, il en est presque opaque. Cette puissance-là… Huit ans plus tôt, les Thermes avaient déjà été ravagés par les eaux, toute la presse en avait parlé. Sa décision est prise, Jeanne se rue sur le téléphone.

— Faites évacuer les Thermes, les spas, le restaurant. Pas de panique, de l'organisation ! Que les résidents restent dans leur chambre, sauf ceux du premier étage – les accueillir plus haut ! J'essaie de joindre la mairie ou la préfecture.

Les patients oublient serviettes, peignoirs, claquettes, toutes leurs affaires. Ceux qui le peuvent se précipitent hors des bassins et salles de soin. Mais beaucoup n'arrivent pas à marcher vite. Certains sont en fauteuil, d'autres ont des béquilles, plusieurs sont très âgés. Quelques enfants aussi. Il n'y a pas assez de personnel pour aider tout le monde. Plusieurs curistes valides, pas tous, improvisent une solidarité d'accompagnement. Des haut-parleurs diffusent un message douçâtre qui se veut rassurant : « Ceci est une mesure de prévention, ne paniquez pas, prenez soin les uns des autres ». Un homme est terriblement angoissé, pétrifié même : il a déjà vécu l'expérience d'un incendie dans sa jeunesse et tout lui remonte d'un coup. Ça le submerge. Il reste pétrifié, incapable de bouger malgré les appels à évacuer. Il flotte inerte au milieu du bassin. On lui lance une bouée, *Accrochez-vous*, il ne réagit pas. Un kiné se jette à l'eau pour aller le chercher, *Venez, venez*. Une femme glisse sur le sol humide, elle est projetée à terre et ne peut se relever. Sa jambe est douloureuse. Sa voix tremble, *Je me suis cassé quelque chose*. Deux curistes tentent de la soulever, sans succès : elle pèse un certain poids. Ils appellent au secours. On apporte un brancard qu'on avait planqué à l'infirmerie. *Dieu merci, merci.*

Jeanne Labrume a enfin la mairie en ligne. Tous les clients, résidents ou pas, doivent être transportés dans les étages. Il est impossible de prendre la route.

La préfecture lance une alerte : le niveau de la Nive continue de monter. Le pire est envisagé. Jeanne peut tout voir depuis la véranda. C'est un déluge quasi biblique.

Et puis vient le débordement, la chose tant redoutée. Les eaux envahissent les berges, puis les allées du parc, elles atteignent l'immense centre de soins, infiltrent les bâtiments. Elles emportent tout sur leur passage, matelas, bouées, des centaines de tongs éparpillées. Le tonnerre gronde encore. Les éclairs déchirent le ciel. La foudre s'abat sur la chapelle du parc, face à la résidence. Un homme tombe à genoux; il entre en prière, l'homme supplie Dieu, et Jésus-Christ, et la Sainte Vierge, et tous les saints, tous les prophètes, il les supplie de bien vouloir les épargner.

Jusqu'à Bayonne la Nive sort de ses gonds. On a de l'eau jusqu'aux genoux et ce n'est pas fini. Ça monte toujours. Gendarmes, pompiers, ambulanciers, secouristes, tout le monde est sur le pont.

Dans les vallées, c'est pire encore. Certains se sont réfugiés sur le toit de leur maison. C'est une vision d'apocalypse. Un couple refuse d'abandonner le canapé tout neuf qu'il vient d'acquérir. Ils ont hissé leur caniche tout en haut de l'armoire et la bestiole ajoute encore du stress avec ses cris stridents. Mais ce canapé leur a coûté une blinde et ils ne sont pas prêts à renoncer. Les eaux, la boue ont envahi Manex. Une femme s'est réfugiée sur son balcon : elle s'y retrouve piégée. Partout, c'est une désolation.

Saint-Jean-pied-de-Port est épargné. Devant ces terribles nouvelles, frère Hugues improvise une messe solidaire avec les sinistrés. On invoque l'espérance, on prie, on chante.

Chacun donne ce qu'il peut. Soumeya aide sa voisine anglaise qui sort tout juste de la maternité – son baby hurle toutes les larmes de son corps. La mère lui dit « Maman est là » mais le baby s'en fout, ça ne le rassure pas du tout.

En dévalant l'escalier de sa petite maison sur trois étages, la guide fait une terrible chute. Elle tombe, tombe, et retombe. Le mouvement entraîne tout son corps, et c'est irrépressible. Elle est plaquée au sol, front grand ouvert, une plaie béante. Elle essaie de se traîner sur le carrelage, cherche un appui. Rien à faire. La guide est épuisée. Se dessine alors en elle la pire des choses possible dans cette situation : le renoncement.

On la retrouvera au petit matin, chevelure flamboyante et flottante, stupéfaite, noyée parmi les eaux terreuses, dans l'entresol de sa petite maison basque.

Deux jours plus tard, le ciel est bleu. C'est réconfortant et c'est insupportable, cette légèreté soudaine. Le ciel est passé à une autre histoire avec une terrible insouciance, laissant chacun à son désarroi, au deuil d'une vie ensevelie, recouverte de boue, ou à la perte d'un amour disparu.

Partout, on éponge, on frotte, on vide les seaux, on s'épuise à tenter de réparer ce qui est réparable et ce qui ne l'est pas. On pleure. Le désastre des eaux.

Aux Thermes, tous sont mobilisés, des renforts sont arrivés mais les bassins restent fermés, et pour un temps indéfini.

Père Jean n'a toujours pas bougé de chez lui, quatre jours après la fin de la tempête, une date qui restera dans les mémoires. Enfermé.

Pourtant, dehors, il y a tant à faire, tant de gens à secourir. Père Jean n'avait pas le choix.

Maintenant, il vérifie la date dans son agenda, l'heure à sa montre. Il commence à se rétablir et ça tombe bien, il était temps. On frappe à la porte, trois coups secs, c'est le code.

– Entre Lucien, entre mon petit.

Partie 2

Bang Bang

7

Deux ans plus tôt

C'était arrivé à la cafétéria de la fac, un jeudi après-midi du mois de mai. Soumeya était assise avec son amie Sandrine, toutes deux occupées à comparer leurs travaux. Concentrées, très concentrées.

Il avait l'air timide lorsqu'il s'était approché sans trop savoir, hésitant et charmant, avec ce sourire un peu triste, un peu à côté, à l'écart du monde. Soumeya, en retour, lui avait tout de suite souri. Une évidence.

– Excusez-moi. Je peux vous déranger un moment ? En fait, voilà, j'ai un projet. Je voudrais ouvrir une librairie à Bayonne et comme je n'ai pas de quoi me payer une étude de marché, bin du coup, je la fais moi-même. Je peux vous poser quelques questions ? Les avis d'étudiants, c'est précieux pour moi, ça ne vous prendra pas beaucoup de temps.

Sandrine et Soumeya l'avaient invité à s'asseoir, lui faisant un peu de place sur la table pour qu'il y pose son PC. Il avait l'air content. Il questionna leurs habitudes, leurs attentes et leurs désirs. Ses réflexions étaient pertinentes, curieuses, il posait de vraies questions pas formatées. Un désir de savoir, de comprendre, avec une jolie dose d'humour. Entre Soumeya et lui, le contact avait été immédiat, lumineux même. Et leurs numéros de portables échangés à la fin de l'entretien *au cas où d'autres questions lui viendraient en tête.*

Et puis Soumeya, en le regardant s'éloigner, avait murmuré à son amie : « Il a une vraie douceur, ce garçon ».

Une longue semaine plus tard, après avoir attendu son appel, Soumeya l'avait finalement contacté.

– Comme tu ne l'as pas fait, je t'appelle.

– C'est bien que ça soit toi qui le fasses.

– Pourquoi ?

– Parce que.

Ils s'étaient retrouvés dans un café du centre historique de Bayonne, au pied de la cathédrale. Ils s'étaient raconté plein de choses autour d'un lait fraise et d'une limonade, dans un joyeux désordre, sans suivre aucune chronologie.

Soumeya avait connu le Pays basque en s'inscrivant à un atelier d'été au village de Larressore.

« J'ai appris l'incroyable fabrication des *makhilas*, tu connais ? Ce sont d'élégants bâtons de marche ferrés, en bois de néflier. Le tout premier est né il y a sept générations dans la famille qui m'a accueillie pour mon stage. C'est un vrai trésor du Pays basque. Depuis la création jusqu'à la livraison, il faut au moins une année pour traverser toutes les étapes de réalisation et ça commence par le traitement du bois. »

Des étoiles plein les yeux, Soumeya était encore tout enthousiaste en racontant son aventure et son apprentissage : ils répondaient à son besoin d'ancrage.

– Je suis vraiment tombée amoureuse de cette région ! Son identité est si riche, sa culture si forte qu'elle n'a pas besoin d'exclure pour exister ! C'est tellement rare.

Ils avaient comparé leurs errances, leurs points d'appui. Soumeya avait avoué ne rien connaître de l'Éthiopie, son pays d'origine, si ce n'est sa cuisine savoureuse et son jazz hypnotique. Miguel lui avait raconté ses quelques souvenirs d'Abidjan, son arrivée en France, sa famille d'accueil, la découverte – des années plus tard – du *Bordeaux nègre* lors d'une visite de la ville sur les traces du passé esclavagiste. Sa soif de connaissances, sa passion pour la littérature.

– Je ne comprends pas comment font les gens qui ne vivent que du réel. Ça me dépasse complètement.

Leurs échanges étaient vifs, passionnés. Les échanges de ceux qui se sont trouvés sans même savoir qu'ils se cherchaient.

Trois mois plus tard, ils avaient mis les choses au point. C'est Soumeya qui avait ouvert le bal devant un verre de Campari orange.

– Alors voilà : je ne cherche pas de mari, je ne veux pas fonder de famille, je préfère vivre seule, non, pas vivre seule, plutôt habiter seule. Partager les courses à Casino, l'aspirateur et la vaisselle, ça ne me fait pas du tout rêver, mais alors pas du tout. Voilà, c'est dit !

– Rien à ajouter : ça me convient à fond.

– C'est vrai ? OK... Let's go.

Ainsi, peu à peu, la vie s'était dessinée.

Ils ne se voyaient pas très souvent, mais leurs rencontres étaient intenses. Chacun trouvait en l'autre ses repères, une forme d'harmonie.

Un soir où ils étaient allés dîner chez Sandrine, l'amie de Soumeya, et Jérôme, son compagnon, un gars sympa un peu bourru, il se passa une petite chose que personne ne remarqua.

Arrivés sur le pas de la porte, ils échangèrent les bises traditionnelles et Miguel se risqua à un banal mais spontané « Quoi de neuf ? » destiné à Jérôme, histoire de créer le contact. Ni une ni deux, le compagnon de Sandrine lui répondit : « Bin rien de particulier, comme d'hab, c'est la routine »... Miguel resta sans voix comme enfermé dans une histoire qu'il ne pouvait comprendre. Cette réponse, cette *routine*, avaient pour lui la couleur de l'ennui.

Il ne sut quoi répondre alors il ne répondit rien.

Miguel et Soumeya aimaient jouer : chercher ensemble des souvenirs enfouis, des fragments d'énigmes irrésolues, des secrets de famille.

– Bon j'avoue le symbole est un peu gros, raconta Miguel, mais voilà, je déteste le lait, j'en bois jamais. Sauf...

– Sauf ?

– Sauf si je suis en phase flippé, en déprime, si j'ai le seum et ça m'arrive. Alors j'ai subitement envie d'un verre de lait et de rien d'autre. La recherche maternelle, dirait doc' Freud. Dans ces moments-là, seul le lait peut me faire du bien.

Ou encore...

– Qu'est-ce qui fait de toi un être unique ?

Elle réfléchit.

– Je ne me souviens jamais de mes rêves – même si je suppose qu'il m'arrive d'en faire. Ja-mais ! Je ne sais pas ce que c'est.

– Non ? Véridique ? C'est ouf !

– Véridique. Pas un seul souvenir durant ma très longue vie. La nuit, le sommeil – et j'adore dormir – ce sont des mondes inaccessibles pour moi, un vrai trou noir, totalement mystérieux. Pendant cinq ans, j'ai vu un psy – pour d'autres raisons heureusement. Mais le pauvre homme a dû renoncer à exploiter cette matière précieuse pour avancer avec moi.

– C'est dingue !

– Oui, oui, je suis bien d'accord.

Enfin…

– Plutôt jazz ou plutôt rap ?

– Les deux en fait. Mais le déferlement de mots dans le rap, ça me fascine. C'est un exutoire et j'ai besoin de ça. Et toi ?

– Rock à fond. Je suis une vraie punk.

– Ça me va !

– En fait, tu n'as pas le choix, bébé.

– J'avais bien compris.

Un jour…

– J'aimerais te présenter ma fille un de ces quatre. Elle a deux ans. J'ai connu sa mère très jeune mais ça n'a pas marché. J'essaie quand même d'être un bon père, même à distance.

– C'est confortable d'être un bon père à distance. Toute la gestion du quotidien, c'est elle qui se la tape.

– Je sais bien.

Un autre jour…

– J'ai été élevée en symbiose avec ma mère. Je ne connais pas mon père. J'ai grandi dans un cocon qui me protégeait du monde. Quand nous allions quelque part en vacances, à l'hôtel ou chez ma tante, peu importe, il me fallait rester enfermée trois jours avant de pouvoir mettre le nez dehors. Je devais me préparer à affronter l'extérieur.

Un soir…

– Je suis heureux d'être avec une femme noire.

– Ça change quelque chose ?

– C'est un sentiment, pas une théorie.

– Eh bien, va pour le sentiment !

Ainsi, de fil en aiguille, leur histoire s'était tissée. Elle ne promettait aucun avenir à ranger dans une case, mais dessinait un chemin, une route ensemble. Et ça leur allait bien.

8

– En fait, vous n'avez que des bons souvenirs ?

– Sauf quand il fuyait. Mais oui, c'était comme ça. Une relation très harmonieuse, je n'imaginais même pas que ça pouvait exister.

Le commissaire et Soumeya ont appris à se connaître. Il a osé lui montrer quelques-uns de ses haïkus, elle a pris ça comme un cadeau. Il lui arrive de passer chez elle sans vraie raison, pour faire le point autour d'un thé, d'un café ou d'un verre de vin. Curieusement, leurs échanges lui apportent la possibilité d'un recul pour penser cette histoire. Les yeux de Soumeya sont marqués, les cernes envahissent son visage. C'est une femme blessée. Mais elle a aussi besoin de considérer ce drame avec une certaine rationalité. Elle ne pourrait se contenter de l'émotion – sans autre grille possible. Elle ne tiendrait pas le coup.

– Pour vous, Commissaire, c'est une histoire finie ?

– Est-ce que ce genre d'histoire finit un jour ?

Jamais, non. Une page comme celle-là ne se referme pas. Elle le sait, elle porte ça en elle. Elle avait placé sa photo sur le meuble près de son bureau. Et puis elle l'a retirée et rangée dans un endroit secret, à l'abri des regards.

Le commissaire, lui aussi, est meurtri. Abîmé et meurtri par la terrifiante folie des hommes. Dépassé, surtout, hors contrôle. Il ne dort plus. Ou mal, si mal. Mais lui dire ça à elle, à elle qui vit ce drame dans sa chair, ça serait indécent. Alors il ne le dira pas. Elle sourit, un peu. Elle sourit comme on pleure.

Mais le portable du commissaire n'arrête pas de vibrer.

– Excusez-moi, je dois répondre. Quoi ? Quand ? Où ? On a son identité ? Ne touchez à rien, j'arrive !

Le commissaire se dresse d'un bond en saisissant sa veste. Devant le visage de Soumeya, il hésite. Quelques secondes, pas plus.

– Une femme a été retrouvée morte sur la Grande Plage de Saint-Jean-de-Luz. Je dois y aller tout de suite.

Soumeya l'accompagne jusqu'à la porte. Le commissaire passe le porche. Puis il se fige un instant. Elle attend. Visiblement le commissaire veut ajouter quelque chose.

Il se retourne vers Soumeya.

– La victime est… C'est une femme noire.

À peine arrivé à Saint-Jean-de-Luz, le commissaire doit affronter des journalistes surexcités venus chasser de l'image pour abreuver les chaînes d'info. Leurs micros sont dressés comme des armes. « Vous allez libérer le maître d'hôtel ? On se dirige vers un tueur en série ? En fait l'enquête piétine ? » Sans autre commentaire, le commissaire leur promet un point presse d'ici deux jours. Livide, la stagiaire l'attend avec les flics locaux.

– Elle a vingt-cinq ans. Son passeport était resté dans la poche de sa veste. Elle était étudiante à Biarritz. Il y a des marques de coups sur le corps. C'est... c'est affreux.

Premier constat : la jeune femme a été déplacée, elle n'est pas morte ici. On a trouvé sur elle des traces de terre. Le cadavre a été posé en plein centre de la plage ; une position choisie, symbolique. Le commissaire ne prononce pas un mot, ne pose aucune question. Il pense en silence. La stagiaire, elle, a besoin d'articuler, de formuler quelque chose, parce que ça la rassure. Elle dit au commissaire : « C'est un cauchemar ».

– Oui, c'en est un.

Deux jours plus tard, on est à même de faire le point. On sait que la jeune femme militait au sein d'un collectif afro-féministe, l'un de ceux que bon nombre de médias et de politiques désignent comme *racialistes*. Elle aurait pu croiser Miguel M'Bongo lors de ses visites du *Bordeaux nègre*, mais rien ne peut l'assurer. Sur leurs smartphones et boîtes mail, on ne leur trouve aucun échange, ni même aucun contact commun. Elle était étudiante en chimie, pas la cible prioritaire pour l'étude de Miguel M'Bongo et son projet de librairie. Difficile de faire un lien, si ce n'est leur ascendance africaine, éventuellement leur âge et leur ancrage dans cette région. La stagiaire fait la moue, le bilan est plutôt maigre. Un élément lui semble pour le moins évident :

– Côté racialisme, avec ces meurtres, l'État français a visiblement d'autres soucis à se faire que de traquer les théories wokistes ou islamo-gauchistes dont il ne partage pas la vision. Question de priorité ! Mais ça, j'en conviens, c'est encore une autre histoire.

Le commissaire n'aime pas les prisons.

Il ne s'y est jamais habitué, il ressent toujours le même malaise. Souvent, il se demande si son choix – devenir flic – a été le bon. Quant à son futur, une chose est claire, sa place est ailleurs. Le fait est acquis, une dernière fois, dernière mission. Et il y a la promesse faite à Soumeya : ne pas renoncer avant de les arrêter. Ne pas se résigner.

Ce jour-là, il se rend à la maison d'arrêt d'Albi ; le maître d'hôtel y est enfermé en attendant son procès.

À l'intérieur, tout change brutalement. Les sons, les bruits, les lumières. Le plafond si bas jusqu'à vous écraser ; une pure illusion sensorielle. À chaque visite dans cette prison qu'il connaît bien ou dans une autre, le commissaire ne peut s'empêcher d'imaginer la première journée d'un détenu. Il essaie en tout cas. Intégrer la sensation au moment même où la porte se referme sur l'extérieur. La première nuit, première cantine. Le premier choc.

Il attend le détenu au parloir. À côté de lui, une femme blonde pleure ; la fin de sa visite approche. Le gardien lui a signifié qu'il était temps de partir. L'homme qu'elle est venue voir lui dit : « Prends soin de toi », comme il dirait n'importe quoi, histoire de ne pas rester muet. Elle répond : « Oui ». Ça non plus, ça n'a aucun sens, elle le sait, mais elle aussi doit bien répondre quelque chose. Puis chacun s'en va rejoindre son monde, et ce sont deux mondes qui s'ignorent. Elle se lève ; ses yeux rougis croisent ceux du commissaire. Maintenant elle est ressortie et le prisonnier a retrouvé sa cellule.

Le gardien amène le maître d'hôtel. Son visage est fermé à double tour. Regard, mâchoire, même les mains : tout est verrouillé. Le gardien le fait asseoir et, impassible, reste debout derrière lui.

– Je n'ai rien de plus à vous dire.

– Est-ce que vos mystérieux hommes de main – c'est vous qui les désignez comme ça – est-ce que ces hommes pourraient projeter de poursuivre votre mission ? Comment dites-vous déjà ? Oui, une *mission de reconquête*, c'est bien cela ?

– J'ai toujours été l'unique penseur et le moteur en ce qui concerne M'Bongo. C'était ma volonté.

– On est parfois dépassé par ses soldats.

– Oubliez ! Le sujet est clos.

– Très bien. Mais une question encore : dites-moi, Monsieur le Maître d'hôtel, que pensez-vous des Juifs ? Sont-ils aussi l'objet de votre reconquête ?

La paupière de l'homme a tremblé. Trois fois de suite, un clignement compulsif. Le commissaire est sûr de lui. C'est bien la première fois depuis toutes ces semaines – et leurs nombreux entretiens. Jusqu'ici, le maître d'hôtel n'avait jamais manifesté ce signe-là. Le commissaire en est intimement convaincu : le maître d'hôtel n'a pas du tout aimé sa question.

Lorsqu'il avait douze ans, un jour, après un cours sur la Shoah qui lui avait fait peur, il avait demandé à Oma : « Ça sert à quoi les cours d'Histoire ? » Elle avait réfléchi un instant. « À comprendre la folie des hommes. »

– Je ne sais pas vivre avec les monstres.

– *Meyn kleyn*, tu as quel âge maintenant ?

– J'ai cinquante-cinq ans, Oma.

– Cinquante-cinq ? Tu as une vie devant toi.

– Ouais, je pourrais peut-être me reconvertir. Écrire des polars, par exemple. Une autre vie, c'est une idée.

She's the prettiest thing I've ever seen
Such a beautiful violence moving in [13]

– *Rock à fond. Je suis une vraie punk.*
– *Ça me va !*
– *En fait tu n'as pas le choix, bébé.*
– *J'avais bien compris.*

Ces mots lui reviennent en écoutant ce *Prettiest Thing* qu'elle adore. Soumeya revoit son sourire si séduisant, le sourire qu'il avait à cet instant, en prononçant ce « J'avais bien compris » empli d'humour et d'amour. C'était hier, un temps révolu, et c'est définitif, et c'est irrémédiable.

Le vide la hante et provoque en elle un vertige abyssal, c'est incontrôlable. Il lui reste les petits cachetons bleus ou bien les blancs, ceux qu'elle avale quand elle ne tient plus, avant que son thorax n'implose sous les coups des souvenirs, des émotions, de la panique devant l'absence.

13. *Prettiest Thing*, du groupe The Creatures. *La plus jolie chose que j'aie jamais vue. Une si belle violence la stimule.*

Soumeya est effondrée sur le canapé, tête vide, vidée de somnifères, quand la sonnette retentit.

– Je vous dérange ?

Le commissaire se tient là devant la porte. Soumeya est ensuquée, mais ce qui lui reste de conscience ne peut être partagé qu'avec cet homme, ce commissaire, et avec lui seul. Elle lui propose d'entrer. Elle fait un café fort, très fort, histoire de retrouver un semblant de lucidité.

– Tout cela est tellement troublant.

– Vous me faites penser au flic de la série *Twin Peaks* [14] : il répète ça tout le temps.

– Je ne connais pas.

– Vous avez tort, c'est iconique.

Le commissaire lui raconte tout, même ce qu'il ne devrait pas dire. Il n'a pas le choix, elle est la seule à écouter et réfléchir. Sa tête, ses tripes sont avec lui. Ils sont ensemble.

La visite en prison, les infos sur la jeune femme assassinée. Tout ce qu'il sait, tout ce qui lui échappe et tout ce qu'il cherche à savoir.

– Je trouve étrange qu'il ne vous ait jamais parlé de l'aspect engagé de son projet. Peut-être voulait-il vous protéger ? Peut-être se sentait-il menacé, surveillé ?

– Et il se serait baladé à minuit sur les bords de la Nive ?

14. Série de 1990 réalisée par David Lynch.

– Vous avez raison, ça ne colle pas. Ça ne colle pas du tout. En fait, je tourne en rond. Tout cela est très mystérieux.

– *Twin Peaks* est de retour !

Elle parvient à le faire sourire, un peu. Et puis elle a ce geste, sa main effleure la sienne. À peine.

– Je vais vous confier quelque chose, Commissaire : votre présence est importante pour moi, vraiment importante. Voilà, c'est dit. Il fallait que ça sorte.

Le commissaire ne répond rien mais il est touché. Et cela se lit dans son regard. Le commissaire est bouleversé.

Allongé sur son lit, père Jean pense à la dernière visite de sa nièce, la fille de Paulette, sa demi-sœur. Une gamine gentille, pas très douée. De cette visite, il se remémore chaque instant, et chaque parole. Déjà, son apparition. Elle était entrée chez lui comme ça, après trois années de silence et elle avait dit : « Je suis venue m'occuper de toi ».

Il n'avait rien répondu. La fille de Paulette était restée une semaine. Elle avait nettoyé, fait les courses, lavé le linge, cuisiné. Elle n'avait jamais rien demandé, seulement accompli sa tâche. Avant qu'elle ne s'en aille, père Jean avait tenu à lui poser une question :

– Pourquoi tu as fait tout ça?

– Parce que, moi, j'aime les gens. Toi, tu aimes Dieu, enfin, ton Dieu. Et moi, j'aime les gens.

Et puis elle était repartie. Elle n'avait plus donné signe de vie.

Aujourd'hui, encore tout embrumé de fatigue, père Jean vérifie la date dans son agenda, l'heure à sa montre.

On frappe à la porte, trois coups secs, c'est le code. Alors père Jean va ouvrir.

– Entre Lucien, entre mon petit.

– Je suis passé par derrière, personne ne m'a vu.

– C'est bien, c'est bien. Entre, viens, ne reste pas là. Assieds-toi. Tes deux amis rockers, ils ne savent rien?

Lucien sourit.

– C'est des rappeurs...

(Rocker, rappeur... La nuance échappe à père Jean.)

– Ils ne savent rien, non, rien du tout.

– Ils ne se doutent de rien ?

– Non, non.

– Tu as bien réfléchi ?

– Oui, j'ai bien réfléchi. Tout est clair maintenant. Je suis à fond.

– C'est une bonne chose, une très bonne chose. Mais attention : personne ne peut revenir en arrière, tu le sais, c'est un engagement sans retour possible.

– Je sais ça, je suis prêt.

Père Jean s'enfonce dans le regard de Lucien. Une façon de l'attraper et de lui envoyer son précieux message. Il prend sa main, la serre bien fort.

– Alors maintenant nous sommes frères, c'est ainsi. Nous sommes frères, Lucien. Et c'est pour la vie.

Lucien ferme les yeux et confirme, sans desserrer la main tendue :

– Pour la vie, oui.

Dix-sept heures. Lucien se lève d'un bond, il a un rancard et pas de ceux où l'on arrive en retard.

Kevin et FilOne restent attablés autour de leurs verres de bière vidés de leur substance jaunâtre.

Lucien traverse le village – chaque pas lui est familier. Il remonte jusqu'à Manex par la rue commerçante où des curistes tuent le temps en traînant dans des boutiques de souvenirs. Tout en haut, à l'écart, il entre dans la petite église. Le voilà figé face à la grâce lumineuse d'une statuette. *Sainte Marie, mère de Dieu.* Tellement simple cette petite sculpture, tellement touchante. Elle irradie. Lucien ne sait pas comment se comporter en ce lieu ; peu lui importe, aujourd'hui est un grand jour. Du coup, comme ça, il fait son signe de croix. Dans le bon sens, il en est presque sûr. Il l'a déjà vu faire.

C'est vrai que les églises, Lucien, il ne connaît pas bien. Son beau-père est un athée militant, vrai bouffeur de curés.

Dans la pénombre de l'allée – un clair-obscur conduit jusqu'à l'autel – il repère cette femme aux traits en partie dissimulés. Une longue étole pourpre enveloppe son buste et remonte vers son menton en passant autour de son cou. La femme se dirige vers lui comme si elle l'attendait.

— La petite porte à droite derrière l'autel.

Lucien ne répond pas – il n'y a rien à ajouter. Tout lui a été précisé. Il pousse la porte grinçante et découvre l'étroit escalier qui conduit à la sacristie.

Il saisit le masque de tissu noir planqué au fin fond de son sac à dos, le positionne sur son visage.

Seuls sa bouche et ses yeux restent visibles. Lucien descend les marches, le bruit de ses pas est sourd. Arrivé en bas, il devine quelques paroles qui viennent de derrière l'autre porte.

La porte qui s'ouvre une fois qu'il a frappé trois coups, c'est le rituel. Ils sont tous là.

– Je suis en retard ?

– Non, non, tu es bien à l'heure. Assieds-toi.

Père Jean lui désigne une place autour de la grande table. Ils sont une quinzaine. Des hommes surtout. Quatre, non, cinq femmes aussi. Et puis il y a ce couple élégant qui semble très âgé, hors du temps, et qui se tient presque enlacé un peu à part. Ceux-là, se dit le garçon, ceux-là ont un statut particulier. Lucien est le plus jeune mais il y a dans l'assemblée des trentenaires et des quadras. Il peut le voir ou le ressentir, même si tous sont masqués. Lucien est un bon observateur, le rap lui a appris à regarder les gens, à les écouter, à traduire les situations. Il a remarqué des mains de travailleurs et de longs doigts effilés, des silhouettes plus légères, juvéniles, d'autres plus pesantes et maladroites.

– Nous sommes presque au complet, nous attendons encore quelqu'un pour commencer, une personne très importante.

Les minutes passent, l'illustre invité est en retard.

Une dame tricote une écharpe. Un homme coche des cases sur une grille de loto Millionnaire. Une jeune mère allaite un bébé affamé. Un type à lunettes – genre intello démonstratif – affiche sa lecture d'un épais livre grand ouvert. Mains plaquées sur la table ou planquées dans leurs poches, tous patientent en silence. Et lorsque les trois coups se font enfin entendre, lorsque la porte s'ouvre, tous les yeux convergent vers elle.

— Pardon, je vous ai fait attendre.

La femme masquée prend place, juste aux côtés de père Jean.

— Bien, nous allons pouvoir commencer.

La femme acquiesce. Contrairement aux autres – on ressent fortement la tension des corps dans l'assemblée – elle n'exprime aucune nervosité, rien. Elle sait ce qu'elle fait là. Elle n'a aucun doute.

Elle est comme ça, Jeanne Labrume, elle assume tout ce qu'elle décide. Elle assume tout et elle agit.

Partie 3

Power

9

Sur les bords de la Nive
La lumière de la lune
Guide mes pas loin de la lagune
Sur les bords de la Nive
La lumière de la lune
Guide mes pas vers mon infortune.

– Où t'as appris ce truc-là ?

– C'est une comptine. Ma mère me la chantait quand j'étais gamine ; elle l'avait elle-même apprise de mon grand-père.

– Tu as toujours ce drôle d'air quand tu chantonnes ça.

– C'est parce qu'elle a quelque chose de mystérieux cette comptine, tu ne trouves pas ?

– Si, si, c'est vrai. Elle a un truc troublant.

– Tu imagines quoi en l'entendant ?

– Un homme à cheval au clair de lune, un prédateur qui cherche sa proie. Ambiance *La Nuit du chasseur* [15], le film que tu m'as montré.

– Eh bien, tu vois, rien d'étonnant, voilà pourquoi j'ai ce drôle d'air quand je la fredonne. On l'aurait à moins, tu ne penses pas ?

Devant la coiffeuse, dans cette vaste chambre de l'auberge choisie pour l'occasion, la perruque brune réservée à leurs seuls rendez-vous est posée à ses côtés. Jeanne Labrume ausculte son visage. Tel un chirurgien se préparant à une intervention. Elle remarque cette nouvelle ride qui remonte vers la paupière. Ce signe, une ride de caractère, ne lui déplaît pas. Elle a même une certaine allure, une élégante verticalité.

Lui, allongé sur le lit, les yeux pointés vers le plafond, il oscille entre éveil et sommeil. Il se rendormirait bien mais l'odeur du café titille ses narines et Jeanne doit bientôt rejoindre les Thermes. Elle le déposera à la gare ; impossible de revenir ensemble, surtout pas en plein jour. C'est ainsi que leur liaison se passe, de rituels en secrets, d'attente en exaltation. Elle a le parfum, la séduction des histoires interdites ; ils en acceptent les contraintes. Il est le premier homme à rejoindre la vie de Jeanne

15. Film de Charles Laughton : la sombre histoire d'un prédicateur tueur en série.

depuis le décès de son mari, il y a quinze ans. Leur première rencontre avait eu lieu dans le bureau de père Jean, à la paroisse, juste avant un séminaire. Tous deux avaient caché leur trouble ; un trouble magnétique prolongé lorsqu'ils s'étaient recroisés dans les recoins de la paroisse. Jusqu'au jour où, après avoir mûri une stratégie de rapprochement, le jeune Lucien avait demandé à faire un stage aux Thermes. Elle avait consenti à sa requête, sans être sûre que cela soit la meilleure idée. Mais Jeanne Labrume, elle est comme ça, radicale, impulsive, et ça ne se discute pas.

Un soir, à la fin de sa journée de travail, Lucien sollicita un entretien, « pour faire le point avant la fin de mon stage ». Déstabilisée, une sensation bien rare chez elle, elle avait accepté, pressentant que cet instant changerait bien des choses. Ce qui fatalement arriva. Avec juste ce bémol : Jeanne Labrume n'accepte l'intervention d'aucune fatalité dans sa vie. D'un commun accord, ils décidèrent de rester maîtres de leur histoire et c'est ce qui se passa jusqu'à ce jour du mois de juillet. Un jour de basculement.

Jusqu'à présent, les médias ont joué le jeu, l'anonymat de la victime a été préservé. Le commissaire et le préfet les ont convaincus : leur discrétion pourrait encourager le signalement d'autres hommes noirs disparus.

Mais ce lundi, perdant patience, BFM diffuse en boucle un reportage-enquête qui reprend tout l'historique de l'affaire ; l'identité et le visage de M'Bongo sont rendus publics.

FilOne traîne chez lui sans savoir quoi faire de sa peau. Il s'assoit, se relève, traverse sa chambre en long, en large, en diagonale, jette un coup d'œil par la fenêtre, se rassoit. La télé est allumée mais c'est juste une image plus ou moins animée qui envoie des signaux lumineux. Le DJ décide de se rouler un joint pour tromper l'ennui qui le ronge. En pleine action, son regard dévie vers l'écran, comme ça, sans s'attarder. Mais le visage affiché ne lui est pas inconnu. FilOne monte le son en allumant son pétard. Une voix off raconte toute l'histoire, elle revient sur les deux meurtres – et comme tout le monde, le DJ en a entendu parler.

À l'intérieur, son cœur s'emballe. Ni une, ni deux, il appelle Kevin.

– Tu te rappelles du renoi qui nous avait branchés au concert de Nekfeu à Biarritz, il y a peut-être un an ? Ouais, bin, attends, imagine : c'est lui, le gars qu'on a retrouvé crevé au bord de la Nive. Le macchabée, c'est lui !

C'était à la fin du concert. Miguel bossait au stand de T-shirts et autres gadgets. Un des petits boulots qu'il collectionnait pour boucler les fins de mois. Il manquait ce soir-là huit euros à Kevin pour acheter le poster de la tournée. Le vendeur lui avait avancé la somme en lui proposant un petit deal.

– Je fais une sorte d'étude de marché. Je peux vous poser quelques questions pour mon projet, à toi et tes potes ? Ça durera pas longtemps, je finis dans quinze minutes.

Lucien n'avait pas du tout envie de rester – et il le ne le cachait pas – mais il n'y avait qu'une seule caisse. Il s'était fait une raison pour ne pas avoir à rentrer seul. Miguel les avait rejoints devant le panneau *Sortie C*, comme il l'avait proposé. Il leur avait offert une bière dans un banal café du coin. Le type était sympa ; il comptait ouvrir une librairie à Bayonne. Accro au rap, il voulait lui consacrer un rayon dans sa boutique en le reliant, disait-il, « aux mouvements et réflexions antiracistes », ce qui n'était historiquement pas idiot. FilOne et Kevin se prenaient au jeu. Ils réagissaient, acquiesçaient, questionnaient. Fermé, tendu, Lucien était resté en retrait. Silencieux et sombre.

Dans une ultime tentative pour l'inclure dans l'échange, le gars s'était finalement tourné vers lui :

– Et toi, tu aimes lire ?

Pour toute réponse, le Lucien avait craché son chewing-gum à terre avant de se lever et de se casser sans ajouter un mot.

– Dites-donc, c'est un nerveux, votre pote !

Le lendemain, Kevin et FilOne avaient bien essayé d'aborder le sujet, mais Lucien était resté fermé, se refusant à tout commentaire. Et puis les trois étaient passés à autre chose, renonçant à toute explication.

Ce lundi, suspendus à leur smartphone devant les images de BFM, Kevin et FilOne se refont le film. Kevin est perplexe, et même plus que perplexe.

– Ouais...

– Quoi ? Tu penses quoi ? J'te connais : quand tu prends cette voix-là, c'est qu'tu penses à un truc.

– OK. Un jour, t'étais pas avec nous, le Lucien il est parti dans un drôle de délire...

C'était un dimanche après-midi. La pire des journées, le dimanche, jour des familles. FilOne était justement de corvée au mariage d'un cousin, le type devait dire *oui* à sa belle devant l'autel de Cambo. Alors les deux autres compères s'étaient retrouvés à la grange pour tester des impros sur un nouveau son. À vrai dire, rien de très probant. Un peu découragés, les deux rappeurs avaient mis leur tentative dominicale sur pause et s'étaient réfugiés autour d'une bière accompagnée d'un bol rempli de cacahuètes et de noix de cajou.

C'est là que le Lucien était parti dans un délire verbal d'un genre très particulier. Le gars aurait découvert sur internet des vidéos datant de 1969 montrant des Blancs américains rappant comme des fous. Des Beastie Boys[16] avant la lettre.

– Et ça veut dire quoi ton histoire ?

– Ça veut dire quoi ? Ça veut dire quoi ? Ça veut dire qu'on s'est fait voler le truc ! Les Noirs, ils nous ont copiés, mon gars, ils n'ont rien inventé. Rien de rien, comme toujours !

Kevin était resté cho-qué. Aucun argument ne lui était venu à l'esprit. Aujourd'hui encore, FilOne est sans voix. Le pire de tout, c'est que cette sidérante anecdote apportait une cohérence à l'ensemble. D'un coup, les éléments dispersés se rassemblaient et prenaient forme autour du bol de noix de cajou.

– Non mais, là, c'est la folie. En fait il tourne au grand malade !

– Ça fait flipper quand même.

Alors les deux potos s'étaient réfugiés dans une convulsive orgie de cacahuètes jusqu'à ce que la dernière soit gobée, laissant à leur mâchoire l'angoisse d'un vide abyssal.

Choqués, les gars ! Vraiment, vraiment choqués !

Deux jours plus tard, rien ne s'est arrangé. Kevin et FilOne ruminent en boucle. Une idée les obsède.

16. Groupe de rap américain (1981) composé de trois Blancs.

Pourtant, ni l'un ni l'autre n'osera la formuler. C'est encore trop tôt pour se risquer à dire, pour penser à voix haute. Prononcer l'impensable, *Est-ce que Lucien aurait un truc à voir avec le meurtre de l'ex-futur libraire ?*

Une gangrène, cette question. Un supplice.

Et puis, à force de se triturer les méninges, FilOne a une très bonne idée. Sa solution s'appelle Lola Lol !

Lola Lol est une DJ de Bayonne. On la reconnaît de loin avec ses lèvres noires et ses couettes rouges. Une vraie DJ fusion : techno, rap, electro, rock, la fille n'est pas sectaire. Elle mixe. Mais Lola Lol a d'autres talents cachés où elle excelle tout autant, si ce n'est plus encore.

– Lola, c'est FilOne. Faut que j'te voie. C'est urgent et important.

La célèbre DJ n'est pas bégueule : elle se produit aujourd'hui dans le quartier du Petit Bayonne aux *Déglingueuses*, une galerie queer et féministe qui accueille une expo LGBTQIA+.

– *QIA+* ? C'est quoi ce délire ?

– Laisse tomber, je t'expliquerai !

FilOne ne se le fait pas dire deux fois. Une heure et demie plus tard, le temps de se saper et de rejoindre la ville, il est sur place. Mais reste bloqué sur le seuil des *Déglingueuses*. Un panneau affiche clairement la règle : *The place est aujourd'hui WOMEN ONLY.* Et la fille à l'entrée ne manque pas d'humour.

– Excepté pour les trans. Mais bon... Ça n'a pas l'air d'être ton cas. J'me trompe ou quoi ?

– J'avoue.

– Tu vois, j'ai l'œil. Bouge pas, j'vais la chercher.

L'histoire se présente plutôt bien. FilOne a besoin de calme et de temps pour convaincre Lola Lol. La voilà qui débarque.

– Yo FilOne. T'as un plan à me proposer ?

– Plus qu'un plan : une mission.

– Viens, on va s'expatrier un peu plus loin pour causer tranquilles.

Les deux s'éloignent à l'abri des oreilles indiscrètes et des vibrations de basse. FilOne met le paquet, côté argumentation. Il raconte tout, même un peu trop. Il s'emballe, il a besoin d'extirper cette histoire de ses entrailles. Et il sait que, sous ses airs de diva un peu barrée, la meuf est des plus fiables. Il en a déjà fait l'expérience et pas qu'une fois. Surtout, Lola Lol est une douée, super douée. Une hackeuse hors pair.

– Écoute, j'me trompe sûrement, mais j'ai besoin de savoir. Faut que tu rentres dans le PC de Lucien.

– Et comment que j'vais rentrer dedans ! Ma copine est antillaise. J'ai aucune envie qu'elle se fasse déglinguer par un serial nazi. En plus tu sais quoi ? Je vais t'faire ça gratos. Laisse-moi quarante-huit heures et t'auras toutes tes réponses. Croix d'bois, croix d'fer, si j'mens j'vais en enfer !

« C'est une image en noir et blanc. Il y a ce reflet de lune, un reflet dense, brillant, il se noie dans la Nive.

Il y a l'ombre des arbres. On imagine le chant des volatiles, on les devine, une symphonie. Et le bruissement de l'eau. Il y a cette colline ; elle se détache dans un halo plein d'étrangeté qui diffuse sa lumière argentée. C'est une nuit de pleine lune. C'est une nuit d'été. »

Le psy l'avait prévenue : « Il va falloir réapprendre à vivre, à espérer, il faudra du temps, ça sera encore très douloureux pendant longtemps, mais cela finira par évoluer ».

Soumeya avait écouté. Elle avait entendu et bien compris le message, l'intention, mais rien dans ces propos ne faisait vraiment écho chez elle. Cet homme ne savait pas. Il ne savait pas combien bon nombre d'hommes, noirs ou blancs, pour différentes raisons, respectaient peu les femmes noires. Combien ils avaient peur de leur force, combien ils ignoraient leur fragilité.

Combien elle mesurait sa chance d'avoir croisé le destin de Miguel M'Bongo. Un homme qui ne la figeait dans aucun mythe, aucun modèle, aucun statut. Personne ne savait comme elle les avait fuis, ces hommes, comme elle était méfiante. Jusqu'à sa rencontre avec Miguel.

Une nuit, elle s'éveille. Un peu, pas tout à fait. Elle se retourne dans son lit, elle a chaud. Elle sent, elle croit sentir sa peau. Elle lui murmure quelques mots. Elle chuchote. Elle ne sait pas s'il lui répond ou si – enfin – elle rêve ? Mais elle devine, croit deviner, elle ne sait pas, quelques paroles articulées. Elle imagine peut-être ; pourtant, c'est plus vrai que ça. Il prononce son nom. « Soumeya ». Elle sent son souffle, le reconnaît. Elle touche sa main. Elle l'effleure, retrouve la texture de sa peau. Et ça la touche, et ça l'émeut, son parfum la caresse. Elle en frisonne.

Le commissaire se retourne dans son sommeil, lui aussi. Il a chaud, il a froid, la nuit est fiévreuse. Des images clignotent, des signaux envoyés. Une sueur, la nuit moite. Il cherche un contact, une présence qui le rassure. Une sensation, un souvenir tendre. Des sons, des mots paisibles lui sont chuchotés à l'oreille. Il les entend, il les ressent. Oma veille.

Père Jean se remémore sa seule escapade hors de Saint-Jean, excepté les séjours à Rome. Vienne. Il y était venu seul, pour accomplir un rêve : s'adonner à la contemplation d'une rétrospective Caspar David Friedrich, incluant son chef d'œuvre *Der Mönch am Meer*. Ce tableau, père Jean n'avait pu l'admirer qu'en reproduction, dans des livres d'art ou d'histoire. Alors, avant d'affronter la salle d'exposition, il s'était ménagé un temps dans un coin du grand hall, seul, à l'abri des regards. Un temps pour se préparer au choc. Cette œuvre-là, c'était la passion d'une vie.

Juste avant d'entrer dans la salle d'exposition, un panneau introductif était proposé.

Der Mönch am Meer / Monk By the Sea / Moine au bord de la mer *est l'une des œuvres d'art germaniques les plus célèbres : c'est le tableau du romantisme allemand. Lors de sa restauration en 2015, la technologie infrarouge a révélé un dessin sous-jacent montrant comment Friedrich avait initialement prévu sa composition : on y voit deux navires de part et d'autre du moine, ainsi que des filets de pêcheurs sur le rivage. Friedrich a travaillé sur cette composition pendant deux ans avant de rejeter cette disposition classique et d'opter pour un vide radical révélant la solitude du moine, humble et minuscule, face à l'écrasante puissance d'une nature mythifiée.*

Père Jean s'était avancé dans la salle. Devant sa démarche hésitante, les visiteurs s'étaient écartés pour lui laisser la meilleure place. Là, face à l'œuvre, la rencontre avait eu lieu. Le regard du religieux avait été happé par la force hypnotique de la toile. L'immensité, la toute-puissance d'un ciel obscur et tourmenté. Et cette fragilité inhérente à l'humain, sa soumission, sa petitesse face à l'Absolu.

Aujourd'hui la fatigue, la douleur ne lui laissent aucun répit. Tout son corps ressent, exprime littéralement ce que dit l'expression *être à bout de force*.

Au bout, il l'est. Il doit lâcher du lest et pas qu'un peu, il n'a plus le choix. Frère Hugues a proposé de prendre le relais pour l'accueil des pèlerins avec l'aide de ce prêtre rwandais nouvellement arrivé dans une paroisse voisine.

Ce dimanche, Jean et Hugues doivent se retrouver après l'office pour en parler. Père Jean le sait, il doit mesurer ses propos. Ne pas semer le doute. Le jour J, frère Hugues est déjà sur place à l'attendre lorsqu'il entre dans le presbytère.

– Je suis heureux de vous voir. Comment allez-vous père Jean ?

– Comme un vieil homme fatigué, frère Hugues, mais on fait aller, à la grâce de Dieu, il n'y a pas le choix.

– Vous avez pu réfléchir à ma proposition ?

– Bien sûr, bien sûr, et je vous en remercie. À vrai dire, je ne suis pas convaincu, voyez-vous, leur conception du christianisme est très loin de la nôtre. J'ai bien peur que nos fidèles soient déstabilisés.

– La cohabitation des conceptions fait partie de notre histoire, père Jean. Cela n'a rien de nouveau, nous devons faire avec.

– Que voulez-vous dire ?

– Que ni les prêtres-ouvriers, ni ceux qui ont combattu aux côtés des indépendantistes algériens, ni ceux qui ont servi Franco ou Pinochet ne représentent la vraie Église. Tous en sont un visage. Comparées à ces disparités là, les différences culturelles sont en réalité bien peu de chose.

Frère Hugues a préparé son argumentaire. Rien n'est spontané dans ses propos, tout est pesé et réfléchi.

– Prenez encore le temps d'y penser. Mais vous devez absolument vous ménager et il n'y a, dans l'immédiat, aucune alternative, j'en ai bien peur.

Père Jean est surpris. En y mettant les formes, frère Hugues le pousse dans ses retranchements. Il exerce une pression, la méthode de frère Hugues est celle d'un stratège.

Et puis il y a cette phrase glaçante, destinée à conclure l'échange, qui tombe comme un couperet :

– Je vous propose un soutien, un allègement, pas un départ. Nous ne sommes pas au collège Sainte-Marguerite.

Père Jean vacille. Personne ne sait dans quelles circonstances le prêtre avait démissionné de ses fonctions en 2013. Ils n'étaient que deux dans le bureau, lui et Thérèse Liancourt, mère d'un élève de quatrième pas très malin. La femme lui avait fait écouter un enregistrement. On y entendait père Jean réitérer ses doutes sur la réalité et l'ampleur de la Shoah. *On a considérablement exagéré le nombre de victimes. En réalité on s'est attaqué aux roturiers et il se trouve que, parmi eux, il y avait beaucoup de Juifs*. Bang ! La première fois, l'élève s'était contenté de raconter l'histoire à sa mère. La deuxième, il avait tout enregistré. Il n'y eut pas de troisième fois. La mère avait exigé deux choses : la démission immédiate du prêtre et une importante somme d'argent, histoire de joindre l'utile à l'agréable – l'intéressée était dans une situation financière préoccupante. Pour donner plus de force à sa requête, elle n'avait ajouté qu'une phrase, une seule :

– Vous pouvez vous réjouir, il y a trois familles israélites dans ce collège. Imaginez si vous étiez tombé sur elles !

Ne possédant aucune économie, père Jean s'était décidé à contacter Jeanne Labrume. On lui avait vanté sa générosité ainsi qu'une sympathie pour certaines théories.

En évoquant d'une phrase, une seule, ce passé enfoui, frère Hugues sait ce qu'il fait, il déclenche chez le prêtre un cataclysme intérieur. Il lui signifie qu'il le tient.

L'homme tremble.

– Vous semblez fatigué, père Jean. Rentrez donc vous reposer, ça serait plus raisonnable.

– Oui, vous avez raison, je vais y aller.

– Que Dieu vous garde père Jean. Vous avez le temps de penser tranquillement à tout cela. Je passerai prendre de vos nouvelles.

— Alors ?

— Alors c'est chaud bouillant !

Question discrétion, c'est raté. Quand Lola Lol débarque dans le village de FilOne, le regard cerclé de noir à la Siouxsie Sioux[17] – référence absolue – elle ne passe pas inaperçue. Les deux remontent un chemin qui les éloigne des habitations.

— T'inquiète ! De base, quand on me connaît, c'est comme DJ. Mes autres activités c'est top secret ! Non seulement je kiffe mon look mais, en plus, en vrai, il me fait passer incognito. Eh oui parce que, du coup, personne ne m'imagine en championne d'espionnage numérique. Comme quoi... Bon, passons aux choses sérieuses : la situation est grave de grave.

FilOne redoute le verdict. Et il y a de quoi. Lola Lol a carrément halluciné : elle s'attendait à des petits délires complotistes plutôt barrés, le mal du siècle, rien de bien méchant. Mais là, c'est du lourd, du très lourd même.

— Écoute, les flics c'est pas mes potes mais sur ce coup, on n'a pas l'choix. T'as entendu parler des *accélérationnistes* ? C'est un mouvement suprémaciste blanc qui nous vient des États-Unis, mais qui gagne aussi l'Europe. Ils veulent *accélérer la guerre raciale*, tu vois le délire ? Selon eux, elle est inévitable. Un

17. Icône post-punk anglaise, chanteuse des groupes Siouxsie and the Banshees et The Creatures.

truc de dingue comme les *survivalistes.* Mine de rien, ils ont organisé des attentats de masse contre deux mosquées en Nouvelle-Zélande. En France, ils ont enlevé une gamine. Ils encouragent les actes individuels autant que collectifs. En fait y a plein de tendances : beaucoup de chrétiens ultra-intégristes mais aussi des satanistes et des anticathos, des néonazis, des nostalgiques du monde d'avant, des masculinistes, des gens qui veulent la fin de la République, d'autres qui demandent une République autoritaire, c'est un truc de malades ! Attention, y a pas que des marginaux et des skinheads survoltés à la bière. Beaucoup occupent des métiers, des fonctions qui leur permettent d'agir en souterrain. C'est c'qu'on appelle *l'entrisme.*

Le FilOne est sceptique, il s'impatiente. Il ne comprend pas du tout le rapport avec Lucien. Alors il y va :

– Euh, OK, c'est dark ton truc mais, bon, c'est quoi le rapport avec Lucien ?

– Bin mon gars ton Lucien, il est à fond dedans !

Et là, la terre tremble sous les pieds de FilOne. Il se repasse en boucle les phrases, les mots de Lola Lol. *Satanistes, néonazis, ultra-intégristes, guerre raciale...* Son monde s'effondre. Entre Lucien, Kevin, FilOne *y a pas plus épais qu'une feuille de papier à cigarette.* Rien de plus épais, non, rien de moins opaque. C'est son pote, son frère, son double.

– T'es sûre de toi ?

– Y a aucun doute.

Au milieu de ce chemin qui grimpe vers les hauteurs, entouré de vert, parsemé de brebis paisibles, FilOne est terrassé. Visage plein soleil, poings tendus, le corps est raide, il fait face à Lola Lol qui cherche ses mots mais ne sait plus très bien quoi dire. Des larmes coulent de ses yeux rougis et terrifiés, elles inondent son visage exsangue. Son enfance est morte. Sa jeunesse est morte. *Le monde, Mowgli, c'est d'la merde*[18]. Le monde n'existe plus.

18. *Et je veux le monde*, Marc Chebsun, JC Lattès/Livre de poche (2021).

C'est un beau début de soirée après une journée légère et ensoleillée. Le buffet a été dressé. Rose-Marie et Mathilde ont tout préparé avec amour. Des tartes salées, des salades colorées, de la viande froide, des petits radis, un superbe plateau de fromages, des fruits, une tarte aux fraises, la préférée d'Henri, une deuxième au citron.

– Il faudra que tu me donnes la recette de tes quiches ! Elles sont toujours délicieuses.

Les deux femmes s'affairent autour de la grande table prévue pour dix-huit convives. Elles virevoltent, redressent une fourchette, arrangent une serviette, posent des corbeilles de pain. Touche finale : un bouquet de fleurs des champs est placé près des boissons, bien au centre de la table.

– Voilà ! Comme ça, c'est pas mal. Tu en penses quoi ?

– Absolument parfait !

Le bébé se réveille, il commence à pleurer. Mathilde se dépêche d'aller le chercher – son mari a horreur des cris – pour lui donner le sein dans le salon avant l'arrivée des convives.

Non pas qu'elle veuille leur épargner cette vision. Chez eux, la nature et la maternité sont des valeurs sacrées. Aucune honte. Mais le bébé n'aime pas attendre.

– Rose-Marie, si on sonne, tu iras ouvrir ?

C'est un intérieur simple, clair et cosy. Mathilde a elle-même cousu les doubles rideaux à motifs fleuris, assortis aux coussins du canapé. Pour le lampadaire, elle a longtemps cherché dans les mêmes tons pastel. Mathilde est une femme d'intérieur accomplie ; c'est son choix, dit-elle, *mon choix à moi*, sa volonté, elle en est fière.

– On sonne ! Chéri, tu descends ? Rose-Marie, tu peux ouvrir ? Dis à Henri de descendre ! Il ne m'entend pas.

Monsieur et madame de Lucie sont les premiers arrivés et ça ennuie Mathilde. C'est un couple très âgé – bientôt centenaire selon père Jean – mais très en forme. Surtout, ils sont *de la haute*, comme on disait avant. Toujours impeccables, pur style rétro, l'un et l'autre chapeautés, gantés, amidonnés, tirés à quatre épingles, avec des manières de nobles. Mathilde n'est pas à l'aise quand elle est seule avec eux, elle a peur de ne pas savoir faire, de ne pas savoir dire, de commettre un impair. Heureusement, Rose-Marie est venue l'aider. Elle pourra assurer la conversation, tout du moins essayer. Ils entrent dans le salon et tombent sur Mathilde en plein allaitement.

– Quelle belle image, bien trop rare de nos jours !

On sonne encore et à nouveau... Une demi-heure plus tard, tout le monde est là et c'est l'apéritif. La plupart des convives sont debout et passent d'un interlocuteur à l'autre. On est heureux de se retrouver, on n'a pas mis les masques, aucune précaution à respecter, on est entre initiés. Un brouhaha joyeux envahit la pièce. L'ambiance est sympathique, chaleureuse même. Lucien reste le plus jeune de l'assemblée et on l'en félicite : « La jeunesse c'est l'avenir, notre avenir, c'est l'avenir de la Nation ».

Le joueur de loto Millionnaire le prend à partie pour faire un selfie avec lui, *Viens, viens.*

— C'est juste pour marquer le coup mais bon, je dois la détruire tout de suite. Ici, les photos sont interdites, question de sécurité. C'est qu'on a un spécialiste de ce domaine avec nous ! Il a même travaillé pour les plus hautes instances ! C'est précieux et c'est lui qui fixe les règles. Normal.

— Ces quiches, c'est un régal ! Si, si, si, un régal ! Surtout celle aux poireaux.

Même l'intello et lecteur compulsif a abandonné son inséparable livre. Le voilà – presque – en recherche de communication. Le bébé passe de bras en bras.

— C'est tout le portrait de son paternel !

Attendri, père Jean observe ses ouailles ; ici, c'est son œuvre qu'il contemple, sa création qu'il savoure. Au diable frère Hugues et tous ces modernistes dégénérés. « Elle est ici, la France, la vraie ». Il est bien là, l'espoir.

Un jeune entrepreneur raconte avoir été contrôlé pour suspicion de discrimination raciale.

— Je les ai bien eus : j'ai fait le naïf, ça a marché du feu de Dieu.

Un homme se met au piano, car il y a un tout petit piano caché dans un recoin du salon. Tous se placent autour de lui en demi-cercle et battent la mesure. Du moins, ils essaient. Un boa pourpre autour du cou, robe noire et long collier de perles, une femme rejoint l'apprenti pianiste et entame sa chanson.

Jupes, jupes fendues,
Cheveux courts
Et ils parlent toujours d'amour
À *midi, à minuit*
T'as d'beaux yeux, t'es jolie.
Impers serrés, serrés, serrés fort
Béret oreilles, visage pâle
Quai des Brumes, ah les brunes-brunes
Oui c'était bien, sous Pétain
Pantalons-tube, impers kakis...

– C'est amusant !

– Formidable. Et elle chante bien !

On applaudit, on applaudit, on en redemande. Père Jean surveille la porte d'entrée. À chaque soirée, Jeanne Labrume se fait désirer. Ce genre d'ambiance n'est pas sa tasse de thé : elle laisse toujours passer une petite heure de défouloir avant d'apparaître. Cette fois, père Jean reconnaît son coup de sonnette, sec et précis. Jeanne fait son entrée dans le salon. On la débarrasse de sa veste. « Quelle élégance, elle n'a pas son pareil ». Lucien ne manifeste pas le moindre signe, rien, pas la moindre émotion, histoire de ne pas se trahir. Et discret, il l'est, personne ne remarque chez lui la plus infime réaction. Pourtant, comme toujours, il l'attendait. Et, à l'abri des regards, son cœur s'emballe dès qu'il la voit. Elle… son sourire, là. Cette manière de se faufiler entre les corps.

Père Jean sonne le rappel des troupes. Il s'apprête à prendre la parole.

– Henri, Mathilde, merci pour votre accueil. Nous sommes toujours heureux de nous retrouver chez vous mais n'oublions pas une chose, l'essentiel, c'est le devoir qui nous réunit. L'heure est grave Nous sommes ensemble, ici, maintenant, pour mener notre combat, et c'est le combat d'une vie. Remercions notre ami, hélas absent car en prison, notre cher maître d'hôtel qui s'est sacrifié en orientant la police et, désormais, la dite justice, vers un crime isolé lorsqu'il s'agit, bien évidemment, d'un acte collectif de légitime défense.

Monsieur de Lucie saisit la main tremblante de madame, c'est l'émotion. Le joueur sort un mouchoir de sa poche, il essuie une larme. L'intello prend des notes. Tous vibrent et acquiescent.

– Je vais maintenant laisser la parole à notre chère Jeanne.

Jeanne se fraie un chemin et se poste à ses côtés. Droite, digne, elle fait face à l'assemblée silencieuse.

– Lorsque j'avais seize ans, un jour où je me baignais dans l'océan, j'ai constaté une chose qui m'a servi toute ma vie. Parcourez deux fois la même distance : une fois en nageant dans le sens des vagues, une fois à contre-courant en affrontant la force qui vous portait lors de la première distance parcourue. Vous constaterez que vous allez bien plus vite dans l'adversité que dans le confort du mouvement de la mer. La différence ? La volonté, la lutte. Tout est là. Nous sommes en guerre, c'est un constat. Une guerre sournoise, invisible à la plupart. Une guerre de reconquête. La soif de vaincre, c'est ce qui nous habite. C'est ce qui nous habite et c'est ce qui nous a toujours guidés.

Tout le monde applaudit, et avec enthousiasme. Père Jean la remercie puis il reprend la parole.

– Nous vous prions de rejoindre la table pour partager ce moment. Que Dieu bénisse notre repas.

– Amen.

Chacun, chacune prend place. Les hommes restent majoritaires. Après l'effervescence de l'apéritif, le dîner s'annonce beaucoup plus calme. Désormais, la sobriété est de rigueur. Tous sont impressionnés par les discours de père Jean et de Jeanne Labrume. Ça cogite entre les plats. Chacun a pleinement conscience de l'importance de son rôle. Plus encore : de sa mission. Le temps s'écoule ainsi.

– Quelle heure est-il ?

– Minuit moins dix.

– Parfait.

La consigne est donnée. Chacun fait silence puis sort un masque de sa poche et le place sur son visage. Seuls les yeux et la bouche restent visibles. Sur demande de Mathilde, Rose-Marie se poste près de la porte. Elle leur distribue des torches qu'Henri allume sur le perron de la villa. Ils sortent de la maison à un rythme régulier, éclairés par leur flamme.

Une longue chaîne se forme, c'est une chorégraphie. Elle emprunte une route en prolongement du chemin qui longe la bâtisse isolée et redescend jusqu'à la rivière.

Il y a le flot de la Nive, un flot tranquille. Le chant incessant des oiseaux noctambules.

Wou wou wou. Roooo roooo roooo.

Ce souffle d'air qui se faufile entre les feuilles, au hasard d'un courant.

Un crépitement. Le noir scintille d'une lumière étrange, vibrante. Une lumière d'effroi. C'est une file qui déambule et se faufile dans l'obscurité cernée par l'ombre des arbres. Un serpentin de feu.

On peut les suivre, portés par leur ferveur, ils ne forment qu'un seul corps, et un corps sans visage. De loin, on pourrait deviner une rumeur, à peine, une phrase que tous répètent d'un ton égal, monocorde, une phrase portée à l'unisson.

Une incantation.

White, white, white,
White, white, white,
White Power.

Le pouvoir est blanc.

White, white, white,
White, white, white,
White Power.

Suprématie !

Partie 4

Action

10

La stagiaire entre dans le bureau du commissaire. Comme d'habitude, elle a oublié de frapper pour s'annoncer. Depuis longtemps, le commissaire a renoncé à lui inculquer l'importance de ce geste. La stagiaire, il est vrai, a bien d'autres qualités.

– Il y a deux jeunes qui veulent vous voir, c'est à propos de l'affaire M'Bongo. Ils disent que c'est très très important. La meuf elle est drôle, elle a des couettes rouges.

Le commissaire n'est pas du tout dans une humeur *Fashion Week*, mais il doit admettre qu'il patauge et reste donc en demande. La stagiaire laisse entrer les deux acolytes. Lola Lol a fait fort, toute vêtue et maquillée de damiers noirs et blancs, des lèvres jusqu'aux bottines. FilOne a bien, en vain, émis quelques réserves :

– C'est peut-être pas la meilleure tenue ?

– J'vois pas de quoi tu parles. Et puis c'est la première fois que je vais rencontrer un gradé. T'imagines ? Ça n'arrive pas tous les jours, hein !

Le commissaire les fait asseoir et les invite à raconter sans restriction, tout raconter, il a le temps. « Chaque détail, dit-il, chaque détail est important ». Alors FilOne se lance dans le récit de la saga, depuis l'enfance, la ferme, l'école, la fièvre hip hop et jusqu'à aujourd'hui. C'est comme un exorcisme, sortir toute cette histoire, assis là sur cette chaise, dans ce bureau avec cet homme attentif en face de lui et Lola Lol qui le soutient. Il déverse, ça lui sort d'un coup, mais il n'oublie aucun détail, il raconte sans se perdre. Son récit est cohérent, explicatif, argumenté. Construit. Lola Lol ne l'a jamais vu, ni entendu s'exprimer avec une telle aisance. Elle en est baba.

– J'en suis baba !

Au tour de Lola Lol de révéler tout ce qui se cache dans les entrailles numériques du gars Lucien. Après un nécessaire rappel politico-historico-sociologique : un petit flash survivaliste, accélérationniste et tutti quanti. Plus le récit avance, plus le commissaire est scotché. Devant lui, l'histoire prend enfin corps. Un puzzle se reconstitue. Il pense à Soumeya qui redoutait, même sans y croire, l'hypothèse du serial nazi isolé. Aussi horrible soit-elle, cette version-là donne un sens au crime. Avec elle, Miguel M'Bongo entre dans l'Histoire.

Reste que le Lucien n'est, lui, qu'un rouage dans toute cette machinerie ; il faut la remonter jusqu'au sommet avant qu'ils ne frappent encore. Le temps presse. Le commissaire a bien une idée mais... Il s'adresse à FilOne, les yeux dans les yeux.

– Si vous arriviez à infiltrer le groupe, on obtiendrait toutes les réponses et on découvrirait tous les coupables.

– Euh, moi ???

– Pas vous directement, mais vous auriez un vrai rôle à jouer : en persuadant Kevin de faire la taupe.

Le plan est très clair : il serait trop dangereux que FilOne s'épanche sur de prétendues nouvelles sympathies politiques. Le retournement serait trop radical, Lucien se méfierait. Mais si c'était Kevin, d'ordinaire peu loquace quant à ses convictions, là, oui, ça pourrait sans doute le faire.

– Quand on dit *sans doute*, c'est justement qu'il y a un doute. On risque cher, nous, dans l'histoire.

Personne ne pourrait dire le contraire. Alors personne ne le dit. Mais Lola Lol, avec une phrase, une seule en suspension, trouve et formule l'argument définitif qui peut convaincre FilOne :

– Bon, en même temps, on va pas s'mentir. C'est pas comme si on avait le choix...

Bingo. D'un regard, le commissaire comprend qu'il peut compter sur le rappeur reconverti version

Mata Hari. Et que ça devra le faire : il n'y a effectivement et définitivement aucune autre option possible.

Deux heures plus tard, le trio – Lola a annulé tous ses rancards – se retrouve à la grange sur proposition de FilOne.

Kevin est silencieux ; il se contente d'avaler les infos l'une après l'autre, et c'est déjà pas si mal. Lola Lol l'a bien prévenu :

– Accroche-toi, mon gars et tiens bon parce que, j't'l'dis, c'est dark de dark. T'es pas au bout de tes mauvaises surprises !

– OK, vas-y, j'suis prêt.

Mais bon, là, et tout le monde est raccord sur le sujet, ça fait quand même très fort. Kevin est bien secoué et ce n'est pas fini. Une heure plus tard, il a totalement perdu pied. Le monde vacille sous ses jambes. Le gars a tout ingurgité, et jusqu'à l'écœurement, il a la nausée. Il se lève pour aller marcher sur une centaine de mètres. Respirer. La tête lui tourne, son cœur s'emballe.

FilOne voudrait l'accompagner mais Lola Lol lui fait comprendre que son pote a besoin d'un moment solitaire. À son retour, il faut prendre encore un peu de temps avant d'élaborer une stratégie, sujet pourtant inévitable. Lola finit par se lancer et lui explique l'idée du commissaire. Surprise : ni une, ni deux, Kevin approuve le concept, c'est immédiat et sans hésitation.

— Alors on y va ?

— Yes, on y va ! Action-réaction !

Reste à élaborer tous les détails de l'opération, à construire le récit point par point et ils ne sont pas trop de trois pour ne rien négliger, ne laisser aucune place au doute, pas la moindre faille. Kevin doit être convaincant et Lucien convaincu.

— Ça ne te donne pas l'impression de le trahir ?

— Nan, pas le Lucien que je connais. Pas mon pote. Celui-là, le nouveau, il nous a volé l'autre. Et puis, tu vois, le nouveau Lucien, en vrai, j'le connais pas. Du coup, ce mec-là, bin j'en ai rien à battre.

Alors, comme disent les Allemands – car DJ Lola Lol a officié deux belles années à Berlin : *Alles klar*. Traduction : *Tout est clair*.

– Je ne sais pas si je peux faire ça, envoyer un gamin dans des zones aussi troubles, chez un groupe d'assassins. Des terroristes.

– *Meyn kleyn*, ce jeune homme est majeur.

– Oui.

– C'est donc sa décision.

– Mais c'est moi qui la motive, Oma. Et si ça tournait mal…

– Et si, et si, et si… Et si vous ne faisiez rien ?

Oma, la douceur de son parfum.

Pour Soumeya, la nouvelle donne bouleverse toute l'histoire. Ses yeux en témoignent.

– Oui, les fondamentaux sont toujours là : c'est vrai que ça ne change rien à sa perte, à sa disparition, au crime. Ça ne change rien à la barbarie. Sauf qu'ils ont choisi Miguel parce qu'il était noir, mais aussi parce qu'il les menaçait avec sa librairie. Je me suis documentée sur ces gens et leurs idées. La *guerre culturelle*, c'est un vrai thème chez eux, ça revient en boucle. Pour moi, cela restitue une dignité à Miguel. Il n'est pas qu'une victime, il était aussi un ennemi, un combattant.

Le commissaire acquiesce. Désormais, Soumeya est dans le secret de l'enquête. Elle en connaît chaque ombre, chaque échec, chaque piste. Une complicité de plus en plus illégale : le commissaire ne peut communiquer ces éléments à qui que ce soit, et il le sait. Mais il le fait parce qu'il en a besoin. Comme Soumeya. C'est leur histoire, c'est leur secret.

Depuis leur dernier échange, Soumeya traîne dans les librairies, à la recherche d'un contact avec les mondes de Miguel. Ce jour-là, elle saisit un essai au titre ravageur : *Exterminez toutes ces brutes* ! Sous-titre : *Un voyage à la source des génocides.*[19]

Lindqvist nous raconte la diffusion des théories raciales, le darwinisme dévoyé qui sous-tend la

19. Sven Lindqvist, écrivain suédois. *Exterminez toutes ces brutes ! Un voyage au cœur des génocides*. Les Arènes.

conquête coloniale et, jusqu'à la Shoah, l'ivresse d'un rêve fou et monstrueux : éradiquer des populations entières pour faire renaître un homme nouveau.

Depuis son bureau, le commissaire explique son analyse à la stagiaire, très attentive à ses propos.

– Le maître d'hôtel ne livrera jamais ses amis. Il est prêt à se sacrifier, son cerveau est complètement retourné. En fait, il nous faut un nom, un seul, pour enfin remonter la filière. Et seul Kevin peut l'obtenir. Il doit, il doit y arriver ! C'est notre seul espoir.

De son côté, le DJ a tenté une première approche avec Lucien. Attablés à la terrasse de leur bistrot-repère, il a dit « en avoir marre... »

– Mais vrai-ment vrai-ment marre de vos délires !

– Pourquoi *nos* délires ? De quoi tu parles ?

– Parce que Kevin, mon gars, il vrille comme toi sur les renois, les muslims ou les feujs et tout ça. Je sais pas c'qui vous arrive à tous les deux, je vous reconnais plus... Franchement, je suis carrément deg' de vos délires.

FilOne a fait mouche. Il connaît chaque réaction de Lucien : chaque geste, chaque mimique, chaque signe de nervosité. Le gars n'a rien ajouté, pas une question, mais FilOne sait que sa phrase a fait tilt. C'est une première entaille.

Première entaille, première victoire.

Un soir, il y a plusieurs mois de ça, Lucien sollicita un entretien pour faire le point avant la fin de son stage. Jeanne, déstabilisée, et c'est un sentiment rare chez elle, avait accepté, pressentant que cet instant changerait bien des choses dans sa vie. Ce qui fatalement arriva. Juste avec ce bémol : Jeanne Labrume n'accepte pas la moindre fatalité qui puisse s'ingérer dans sa vie.

D'un commun accord, ils décidèrent de rester maîtres de leur histoire et c'est comme ça que les choses se passèrent jusqu'à ce jour du mois de juillet où l'imprévu s'invita dans leur vie. Un jour de basculement.

Ce soir-là, les bassins, les spas étaient fermés et le restaurant pas encore ouvert. Le vent et la pluie s'étaient imposés, le parc des Thermes était désert. Jeanne et Lucien s'étaient risqués à tenter l'interdit absolu, quelques pas ensemble sous les immenses palmiers qui les protégeaient des caprices du ciel, là où personne ne traîne, en amont des parkings, la Nive en contre-bas. Lucien avait saisi sa main et, cette fois-là, elle ne l'avait pas retirée. Pourtant, les deux n'étaient pas seuls.

En avance pour son service, Miguel M'Bongo attendait une accalmie, bien caché dans l'ouverture du garage pour s'abriter de la pluie. Et il les vit passer, main dans la main. Un sixième sens ? Jeanne Labrume se retourna. Un instant, leurs regards se croisèrent. Pris au dépourvu, cherchant ses mots, M'Bongo se contenta finalement de dire :

– Bonsoir, Madame Labrume. Sale temps n'est-ce pas ?

Elle le toisa, interdite et silencieuse. Cela dura quelques longues secondes. Confus, M'Bongo rabattit sa capuche sur sa tête et se dirigea vers le restaurant en pressant le pas.

– Lui, notre maître d'hôtel l'a dans le collimateur et depuis longtemps. Il dit que c'est un activiste de la cause nègre.

– Ouais je connais ses projets, une librairie militante au centre de Bayonne, rien que ça. Eh bien tu sais c'que j'dis, moi ? Que ça fait deux bonnes raisons pour se débarrasser de lui !

– Nous ne devons pas nous précipiter, Lucien. Il faut d'abord bien réfléchir. En attendant, vas-y, rentre seul, que personne ne nous voie. Nous avons provoqué assez de dégâts pour aujourd'hui.

Lucien fit comme elle disait. Il rejoignit son village en traversant Manex. Et Jeanne retrouva sa chambre.

Assise face à sa coiffeuse, elle a interrompu son geste en retirant une boucle d'oreille, une perle nacrée d'une grande pureté. Elle est restée ainsi, face au miroir, geste en suspens.

Elle a observé son visage. Ses yeux, sa bouche, sa peau. Et puis elle a posé la perle dans une petite soucoupe qui lui vient de sa mère et, enfin, a retiré la seconde, sans ne plus prêter attention à rien. Elle s'est allongée, a fermé les yeux et puis elle a sombré dans un profond sommeil.

– Jeanne ? Jeanne ? Monte immédiatement !

Elle grimpe l'escalier en tremblant. Devant la porte de la chambre, elle se ressaisit. La petite Jeanne se redresse. Elle est droite, fière. Forte, surtout. La colère du paternel ne l'effraie pas. Elle frappe à sa porte, doucement.

– Entre !

Le commissaire marche et pense. La rue est son lieu de réflexion préféré. Le mouvement des gens, leurs visages, le surgissement des sons. La rue le propulse sur des pistes inattendues, elle le bouscule et provoque en lui d'étranges élucubrations mentales. Alors il marche, il pense.

Il a tout son temps : personne ne l'attend, et depuis des années. Depuis que la bestiole aux pinces tranchantes a emporté sa femme. Une saloperie.

La race, ça le travaille sans répit. Ça le mange. Le commissaire s'est résolu à reprendre des somnifères. Les insomnies à répétition, il ne peut plus faire avec... il n'est que l'ombre de lui-même. Il repense à sa grand-mère. Excepté la famille, personne ne sait ce qui est arrivé à Oma, Oma Bernstein. Ces histoires-là, elles ne se racontent pas. On a parlé d'un meurtre, mais on ne l'a pas décrit. On n'a pas voulu en révéler l'horreur. Le commissaire avait douze ans et il rêvait d'être chimiste ; sa grand-mère soixante-dix.

Pourtant, il sait. Le rapport légiste se cachait dans une malle du grenier, là où, gamin, le futur commissaire aimait jouer et fouiner. On avait voulu dissimuler le rapport. C'était sans compter avec le goût des lieux secrets que connaissent tous les enfants.

Ce rapport, il l'avait donc lu et il avait mis une image dessus. Ineffaçable, gravée en lui. Cette vision fait partie de son histoire et de ses héritages. De ses hantises.

Le commissaire laisse ses jambes décider de ce qu'elles vont faire de lui, où elles l'emmèneront. Il marche. Il sait que, ce soir-même à vingt heures, Kevin et Lucien se retrouveront à la grange. C'est un vrai compte à rebours.

Lucien doit pouvoir se laisser aller, raconter ses divagations politiques, mais seulement à petites doses, si la situation le permet ou qu'elle l'exige. La consigne est claire : ne rien provoquer. Y aller doucement, n'éveiller aucun doute. Répondre à ses questions, ne pas en poser. Il faut que ça sorte, mais chaque chose en son temps. Lucien doit rester le moteur, il doit sentir qu'il maîtrise. Il a vu le visage de M'Bongo s'afficher sur les écrans. Il sait que Kevin et FilOne l'ont reconnu. Kevin doit évoquer le cas du garçon décédé. Brièvement. S'il ne le faisait pas, Lucien trouverait ça bizarre. Ne rien tenter de plus. Sauf si le gars mord à l'hameçon.

– Il mordra. C'est obligé ! Il doit se sentir très isolé dans ce nouveau milieu. Il a vingt ans ! Ramener Kevin, ça serait une super perspective pour lui. Imaginez...

Soumeya est sûre d'elle : Lucien n'attend que ça. *Elle a sûrement raison*, pense le commissaire.

Cette fille est étonnante, elle a une perception très fine des êtres, des histoires. Elle pose de vraies questions.

Le commissaire marche. Il se dit qu'il aurait aimé connaître Michel M'Bongo. Au moins le rencontrer. Au fil de cette enquête, une ébauche de relation s'est construite et elle n'aboutira jamais. Le commissaire l'a découvert par petites touches. Une phrase, un souvenir. Le type lui plaît. Et puis un homme amoureux de Soumeya était forcément un type bien. Il marche, marche encore.

Le commissaire lit sans arrêt des docs sur les mouvances de l'ultradroite, c'est addictif. Des livres, des articles, des témoignages. Comme Soumeya, il a besoin de maîtriser le sujet. Les deux échangent, comparent, annotent. Elle lui a montré *BlacKkKlansman*, le film de Spike Lee d'après une histoire vraie : un flic noir, assisté de son collègue juif, infiltre le Ku Klux Klan. Elle lui parle du livre *Exterminez toutes ces brutes* ! Troublant.

De son côté, le commissaire lui fait lire un article du chercheur Tristan Boursier[20] sur les suprémacistes blancs qu'il a trouvé sur le média *The Conversation.*

*Leur posture victimaire est très présente dans l'espace Internet français. Le discours suprémaciste ne s'exprime plus aujourd'hui comme il s'exprimait au XIX*e siècle.

La supériorité de la prétendue race blanche est évoquée indirectement par un discours qui cherche

20. Chercheur, Faculté des arts et des sciences – Département de science politique.

à convaincre de l'existence d'une guerre des races *ou des* civilisations *dont l'objectif serait l'extermination des Blancs. Un premier repérage révèle qu'au moins quarante chaînes composeraient la sphère suprémaciste française. Concernant les sept chaînes analysées, elles cumulent déjà presque deux millions d'abonnés et leurs vidéos les plus visionnées dépassent les 300 000 vues pour aller jusqu'à plusieurs dizaines de millions. La quasi-totalité des vidéos repérées met en scène des hommes, d'apparence jeune (moins de 30 ans). Beaucoup d'entre eux cultivent une certaine idée de la masculinité hégémonique en donnant des conseils de drague à leurs abonnés ou des formations de musculation pour lutter contre la* crise de la masculinité. *Pour eux, les idées et le corps sont liés. Il faut donc être fort physiquement pour être supérieur intellectuellement.*

– D'où la recherche de garçons jeunes…

Le commissaire se dresse d'un coup.

– Quelle heure est-il ?

– Il est vingt heures.

– Alors, ça y est : Kevin a rejoint Lucien.

20 h 15. Lucien se sert une bière.

– T'en veux une ?

Les deux se tournent un peu autour, ils se reniflent. Kevin laisse faire, il s'est imprégné de chaque consigne du commissaire. Comme prévu, il n'évoque que le sujet autorisé. Il devance Lucien.

– T'as vu le renoi qui voulait ouvrir une librairie ?

– Ouais.

Lucien n'ajoute rien. Dans la tête à Kevin, ça tourne à 200 à l'heure.

– C'est relou pour lui. Mais bon, ces mecs-là, ils ont toujours des problèmes. Après ils jouent les victimes. Il devait p't'être les chercher, les histoires.

– *Ces mecs-là* ? Tu veux dire quoi ?

Kevin confirme :

– Bin les renois, les négros, ils ont toujours des embrouilles à force de nous casser les couilles.

Bon point. Ni trop, ni pas assez, juste la bonne phrase au bon moment.

– Tu parlais pas comme ça avant ?

– Avant quoi ? T'as vu, je sais que FilOne ça le gonfle, j'ai pas envie de casser l'ambiance. Et puis je fais mon chemin. J'me renseigne sur Internet, *qui cherche trouve*, mon gars, et j'ai trouvé. Ça ouais, j'me suis bien informé.

Kevin choisit de casser la discussion ; il ne veut pas sembler pressé de traiter du sujet avec Lucien, d'en attendre quelque chose. Prendre son temps, le laisser venir. Lucien l'observe du coin de l'œil. Il a envie d'y croire. La vie serait tellement plus facile s'ils étaient deux dans le coup. Mais lui aussi a sa tactique. La vérité doit prendre son temps pour être révélée. Pour couper net, Kevin lance :

– Vas-y, fais écouter ton son !

Les gars tentent une impro, belle énergie, c'est réussi. Ça leur remonte le moral ; rapper à deux suppose une vraie complicité, un respect réciproque de chaque espace, sans pour autant éviter le clash. Ça se cogne, se frotte. Ça se tourne autour, se contourne, se répond, s'affronte. Et là, ça le fait.

Le sourire de Lucien, une chose très rare chez lui, il en dit vraiment long. Un instant, Kevin reconnaît l'expression qu'il avait, gamin, quand il s'ouvrait au monde, l'espace d'un flash ; ce moment où il s'extirpait, juste un coup, de sa tristesse.

Ce sourire-là, étrange, comme effrayé de lui-même.

Ça le frappe en plein cœur, le souvenir de toutes ces années ensemble. Cette énergie, ces rêves communs brisés. Sa voix s'étrangle. Mais le visage de M'Bongo, le récit de Lola Lol, et tout revient comme un boomerang, le présent s'impose à lui. Un antidote. Sa mission le rattrape. Kevin doit assurer. Aucun autre choix.

– C'était trop cool, vraiment.

– Yes, ça faisait longtemps !

– Bon faut que j'y aille, j'ai promis à ma sœur de l'aider sur un devoir.

En fermant le portail de la grange derrière lui, Lucien se retourne vers son pote.

– Dis-moi, c'que tu m'as dit tout à l'heure sur les négros et tous les autres, tu le penses comme ça, pas plus, ou c'est important pour toi ?

– C'est important, mon gars, très important. Et même de plus en plus.

– Ah ouais ? T'es sûr ? Et t'irais jusqu'où pour ça ?

I put it on – it fits my soul
You know she spoke these words
While she was sleeping[21]

– Ça déchire ! Redis-moi le titre.

– *Prettiest Thing*, c'est une reprise de The Creatures, un morceau underground qui date de 90.

Lola Lol et Soumeya ont tout de suite accroché quand elles se sont rencontrées dans le bureau du commissaire. Aujourd'hui, un mardi trop ensoleillé pour leur humeur sombre, elles partagent chez Soumeya l'attente, une angoisse, la nécessité d'en sortir, effondrées sur le canapé du salon. Lola Lol a besoin d'extérioriser, c'est comme un exorcisme.

– Cette histoire est tellement sordide... Surtout pour toi, bien sûr, mais même pour moi, tu vois, j'ai l'impression d'avoir migré dans la cinquième

21. *Prettiest Thing*, The Creatures.
Posé dessus – ça tilte mon âme
Tu sais qu'elle a prononcé ces mots
Parce qu'elle dormait.
Paroles et Musique : Susan Ballion / Peter Clarke.

dimension. C'est an-goi-ssant, stressant, cette bande de fous furieux. J'ai même plus de mots.

– Ce n'est pas seulement une bande de fous furieux, Lola. Ils racontent aussi la France actuelle, l'Europe, l'Occident. Ils ne les résument pas, non, mais ils les racontent aussi. Et c'est terrible.

– Faut que je déstresse. Tiens, parle-moi de quelque chose qui m'emmène un peu ailleurs, juste un moment.

– Je ne me souviens d'aucun rêve dans ma vie. Je veux dire, les rêves que tu fais, la nuit, quand tu dors.

– Ah tu m'as fait peur. Mais même ça, c'est chelou. Jamais ? Aucun ?

– Aucun. Mais ce n'est pas tout. J'étais une petite fille bizarre.

– Raconte !

– Jusqu'à mes dix-sept ans, j'ai vécu une sorte de bipolarité – je ne sais pas si c'est le bon terme. En fait, tout ce que je faisais était une imitation des autres. C'était extrême, jusqu'au dédoublement : j'allais à un concert, on voyait la Soumeya qui dansait, sautait, reprenait un titre. Comme les autres. Mais la vraie Soumeya, elle, elle était immobile, elle ne battait pas la mesure, elle ne la sentait même pas ; elle observait l'autre, la fausse, s'agiter et elle la trouvait pathétique. La vraie, elle n'entendait même pas la musique. Et c'était comme ça pour tout. Du coup, même si l'une avait des copines comme tout le monde, l'autre, la vraie, l'authentique était totalement solitaire.

– Waou, dis-donc. Et après ?

– J'ai fait une grande rencontre avec une psy incroyable. Il a fallu du temps, mais elle m'a permis d'aller chercher mes vrais désirs. J'ai fait un stage ici, au Pays basque, il m'a réconciliée avec moi-même. C'est pour ça que j'ai choisi d'y vivre.

Son téléphone vibre. Un SMS du commissaire. *Kevin et Lucien se revoient ce soir. C'est Lucien qui a proposé le rancard.* Les deux filles se regardent.

– Il mord, il mord le poisson. Maintenant, c'est sûr, tout va s'accélérer !

11

Jeanne Labrume a fait dresser une table magnifique. Rien n'est laissé au hasard. Elle a toujours détesté faire la cuisine ou même gérer un menu. Elle s'est assuré les services du meilleur traiteur régional. Ce chef élève les chipirons – ces petits calamars très prisés dans la région – au rang de bijoux culinaires. L'esthétique est au rendez-vous. Jeanne a choisi les fleurs, le linge, les harmonies. Et les vins.

C'est un déjeuner rare et important, un samedi dans sa maison. Elle n'a gardé personne pour servir. Jeanne Labrume ne veut pas de témoin.

– Prenez votre journée Marion, je me débrouillerai. Si, si, je vous assure, ça va m'amuser.

Jeanne a trois invités. Père Jean viendra accompagné des de Lucie. Ce couple étonnant est d'une rare délicatesse. Leurs yeux sont étranges, les pupilles d'un bleu si clair qu'elles sont d'une transparence absolue. Jeanne porte une robe pourpre, une couleur affirmée qu'elle affectionne depuis toujours.

Il est midi trente, ses convives devraient arriver. Le temps d'y penser : on sonne à la porte. Madame de Lucie a apporté un bouquet de camélias.

– Regardez, ils sont assortis à votre robe.

Père Jean est préoccupé, on peut le lire sur son visage ; il y a un enjeu à cette rencontre. Jeanne admire la tenue et l'élégance rétro, un rien rigide, du couple, en dégradé de gris. Avant de passer à table, un apéritif est servi sous la véranda. Ce que pensent intimement ces deux vrais monarchistes reste difficile à cerner. Leur regard troublant, et cet indéfinissable sourire qu'ils affichent continuellement, leur confèrent une aura insaisissable. La douceur et le rythme de leurs propos a quelque chose de rassurant, mais aussi d'anesthésiant.

Père Jean est venu argumenter :

– Nous avons besoin d'hommes jeunes. Ce temps-là doit être le nôtre. Ce sont eux qui ont de l'impact sur les réseaux sociaux. C'est un fait : ils font rayonner notre message. Grâce à eux, nous progressons. Et notre famille locale est en retard, trop décalée par rapport à la mouvance actuelle : ces garçons y sont de vrais moteurs.

Monsieur et madame de Lucie sont attentifs ; ils approuvent.

– Notre mouvement est éclaté en de multiples tendances trop souvent ennemies. Notre famille ne doit pas attendre que d'autres prennent notre place, une place qui est des plus singulières, vu notre ancrage dans cette terre hostile à nos idées. Je suis un homme âgé et malade. Je pourrai mourir en paix lorsque la relève sera pleinement assurée.

Madame de Lucie semble peinée.

– Ne dites pas cela, mon Père.

Le couple de Lucie a traversé l'Histoire comme les salamandres traversent le feu, sans jamais se brûler, sans une égratignure. Pétainistes et collaborateurs, réfugiés en Amérique latine puis en Autriche après la fin de la Guerre, ils ont échappé à tout ou presque. Ils glissent entre les époques, les compromis, les dénonciations et les crimes. Leur fortune et leur réseau mondial ont tout fait.

Très attentive, Madame s'exprime peu. D'ordinaire, Monsieur préfère commenter en fin de réunion, lorsque le commun des convives est rentré chez lui. Monsieur de Lucie n'offre pas ses analyses au tout venant : l'écouter est un privilège. Mais aujourd'hui, on est entre personnes choisies.

Jeanne les accompagne jusqu'à la salle à manger où les entrées sont déjà servies. Chacun prend place. Madame de Lucie a une pensée pour le regretté maître d'hôtel. Un sacrifié.

– Lorsque je vois une table bien mise comme celle-ci, je pense à lui et à son amour des détails. Il excellait dans son domaine.

La conversation pourrait ainsi s'éterniser, mais Jeanne a déjà trop attendu :

– Peut-être devrions-nous légèrement assouplir nos critères d'accueil afin d'éviter le repli ?

Monsieur de Lucie a tout de suite réagi ; un soubresaut l'a en partie ébranlé. Madame de Lucie n'a pas abandonné son sourire.

– Diable, à quoi pensez-vous ?

– Je ne vais pas y aller par quatre chemins : à la présidentielle, avant l'arrivée de l'Italien, nous avons tous voté pour un Juif. Qui aurait imaginé cela il y a quelques temps ?

À lui seul, le mot glace les invités. Monsieur de Lucie a failli s'en étrangler.

– Un *Juif*, un *Juif*... Un *repenti*, dirons-nous.

Le silence gagne dangereusement la tablée.

Jeanne Labrume reprend :

– Le fait qu'il soit juif lui a permis de pouvoir mettre en cause l'innocence de Dreyfus et d'aborder la réhabilitation de Pétain. C'est énorme, quand on y pense. Je ne reviens pas sur le fond de notre pensée. Mon adhésion est totale. Mais nous devrions nous interroger sur notre rituel, particulièrement dans une région où, contrairement à d'autres, nous sommes très faibles, quasi inexistants. Est-il nécessaire de devoir jurer que l'on n'est pas juif pour suivre nos réunions ? L'islam, les déviants gays et l'invasion africaine sont nos premiers ennemis.

C'est désormais madame de Lucie qui sort de sa réserve, allant jusqu'à abandonner son légendaire sourire. Elle parle d'une voix claire, posée et assumée :

– Cette race juive, chère Jeanne, cette race juive est une vermine. Lorsque pendant la Guerre, nous les avons expulsés de leurs logements réquisitionnés, nous avons fait désinfecter les lieux avant de les proposer à de nouveaux occupants. Oui, oui, chère Jeanne, afin de protéger les futurs habitants de toute contamination. Cette race est une vermine qui gangrène tout ce qu'elle touche. Et ça ne changera jamais.

Père Jean se racle un peu la gorge.

Jeanne Labrume l'interroge du regard.

L'ecclésiastique improvise :

– Ils resteront à jamais les assassins du Christ.

– Et leurs banques financent le cosmopolitisme !

Le débat semble clos. Jeanne Labrume n'a pas manifesté d'émotion. Elle en a d'ailleurs peu. Pour elle, la question est avant tout stratégique. Elle a donc continué la discussion comme si rien de fondamental n'avait été abordé.

Monsieur de Lucie leur parle de cette famille parisienne qui a repris une bâtisse au pied des Pyrénées ; ils cultivent leur jardin potager. Lui était cadre dans une grande entreprise, il propose désormais du conseil à distance. Le couple aurait décidé de s'installer ici pour retirer leurs trois chérubins de l'école publique et de sa pitoyable influence sur les enfants. Ils sont désormais dans le viseur de l'Éducation nationale.

– Vous devriez les rencontrer. Il ne faut pas mépriser cette mouvance antisystème. Il y a beaucoup d'écolos gauchistes, oui, mais avec certains, il y a de vrais ponts à créer.

Ses invités repartis, Jeanne se pose dans sa bibliothèque. Elle se sert un cognac, son regard se balade sur les livres exposés. Elle prend son temps.

Lucien est resté planqué dans la chambre, rideaux fermés, écouteurs vissés aux oreilles.

Si les autres savaient, elle serait mise au ban. Ou pas ? Elle pense à cet article paru dans un hebdo, évidemment de gauche : *La dictature moraliste et normative a toujours su s'arranger de ses propres déviances.* C'est un fait de l'Histoire. Surtout quand il s'agit des hommes. Mais Jeanne Labrume est une femme. Qui donc s'accommoderait de ses contradictions ? Personne, en fait. Elle serait une paria. C'est une certitude, elle le sera un jour.

Elle monte l'escalier, entrouvre la porte.

Il est ici, allongé sur le lit. Jeanne le regarde. Elle sourit. Lucien ne l'entend pas. D'ailleurs il n'entend rien.

À fond dans ses oreilles, leur dernier enregistrement à la grange passe en boucle. Et ce sourire, là, sur ses lèvres…

Bang Bang, that awful sound
Bang Bang, my baby shot me down.

Prettiest Thing. Ça tourne dans sa tête. Pas une de ces mélodies qui inondent les radios meanstream. Plutôt un univers qui l'a séduite et qui ne la lâche plus. Lola Lol est à fond.

– C'est dingue, je kiffe cette musique ! Le texte, il est bizarre, non ?

– Ah oui ? Tu le trouves bizarre ? Il parle de masturbation féminine, bébé.

– Oups, j'avais pas capté.

Lola et Soumeya sont en route ; elles ont rendez-vous avec le commissaire dans ce troquet pourri qu'il affectionne particulièrement. La diseuse de bonne aventure est sur le pas de la porte. Elle saisit au passage la main de Lola.

– Qu'est-ce que tu veux savoir ?

– Rien.

– Tout le monde veut savoir quelque chose.

Du fond de la salle, attablé entre quelques esseulés et un couple en flagrant délit de rupture, le commissaire leur fait signe. Il range son carnet de haïkus.

– Pourquoi toujours ce bistrot, Commissaire ?

– Il est hors du temps, hors du réel. Sa vie est en sursis. C'est le lieu idéal pour se poser et réfléchir.

L'homme a des choses à leur raconter. Visiblement, Lucien n'a rien vu venir. À moins qu'il ne s'y refuse. Trop heureux que son Kevin rejoigne ses idées et – pourquoi pas – son groupe. Le résultat est concluant. Le niveau de confiance entre les deux garçons semble optimal pour la suite des opérations.

– Jusque-là, c'est un sans-faute.

Lola Lol sourit, un peu. Soumeya saisit sa main. Les filles reprennent espoir. Le commissaire se veut rassurant et il y croit vraiment.

– Ils se sentent forcément surveillés, poursuit le commissaire. S'ils ont d'autres crimes en vue, ils vont attendre. À nous de les découvrir avant qu'ils n'agissent ! Nous devons faire confiance à Kevin. Et le soutenir de toutes nos forces.

À quelques kilomètres, les oreilles de Kevin sifflent.

Le garçon est sous le coup des bonnes ondes envoyées par ces trois inattendus compères. Et il en a besoin. Parfois, il doute. Quand il retrouve en Lucien une confiance, une complicité, un sourire, un signe d'hier. Ça le touche tout au fond, ça le secoue. Dans ces moments-là, Kevin pourrait flancher. Pourtant il tient bon, et sa contenance le surprend. Il ne se savait pas capable de jouer un rôle, d'incarner. Encore moins avec Lucien, son frère, son double. Et quand il se retrouve seul, alors, l'émotion se saisit de lui et ça le retourne, il sanglote. Une fois, il convulse. Il pleure sa vie, il pleure sur l'amitié, les choses perdues. Il pleure sur hier. Il pleure sur lui.

– Tu fais quoi samedi?

– Euh... attends, ironise Kevin, je vérifie dans mon agenda busy-busy. Samedi, samedi, ah voilà, samedi : bin rien! Bizarre quand même!

Lucien rigole. Il retrouve bien l'humour de son pote.

– Cool! Je vais t'emmener quelque part.

– Ah ouais, où ça?

– Tu verras bien. Surprise... En attendant, j't'ai ramené un bouquin.

– Un bouquin?

– Vas-y mon gars, il suffit pas de se révolter. Faut se cultiver aussi, avoir un background. Sinon tu fais que ressasser, t'avances pas. On est des gagnants ou pas?

– Vas-y, passe. Renaud Camus [22]? Connais pas.

– C'est un penseur, un vrai. Essaie de le lire pour samedi. Ça te laisse cinq jours, c'est pas la mort.

Il est minuit. Kevin et Lucien vont se séparer, chacun va rentrer dans sa tanière. Kevin est lessivé; toute cette gymnastique mentale, ce dédoublement quotidien, ça l'épuise et ça le vide.

Lucien arrive à la ferme vers une heure. La maison est dans le noir – sauf la cuisine. La lampe au-dessus de la table est allumée, Lucien la voit depuis la cour. Étrange. Quand il ouvre la porte, il trouve sa mère

22. Écrivain et militant politique français d'extrême droite.

seule, attablée devant un bol de café froid ou d'une autre substance abandonnée.

Sans un mot, elle regarde le plafond éclairé d'une lumière jaunâtre. Lucien reste planté devant l'entrée.

– Qu'est-ce qu'il y a ? T'as quoi ?

La mère tourne son visage vers lui. Elle lui fait face :

– Tu vas devenir quoi, Lucien ? Y a quel avenir pour toi ? Tu vivras de quoi, hein ? De quoi tu vivras ?

– J'en sais rien.

– C'est bien c'que je m'disais. Tu t'en fous. Nous, on trime et toi, tu t'en fous.

– Je m'en fous pas, j'ai des projets.

– Ah oui ? Dis-moi, raconte ! C'est quoi tes projets ?

Lucien est désolé de la voir triste et sans espoir. Les yeux hagards, embrumés. Le regard vide. Mais il n'y peut rien. Pour l'instant, non, il ne peut rien de rien pour elle. Il pourrait lui dire que son projet, c'est de remettre la France debout. Mais elle ne le croirait pas.

Pendant ce temps-là, FilOne est seul, très seul.

Plus que jamais, il tourne en rond, parle à voix haute. Le DJ a perdu Lucien et, pour des raisons tactiques, il ne doit pas revoir Kevin. Juste attendre ses rares appels. Alors il tourne en rond et parle à sa misérable carcasse. À distance, Lola Lol a pitié de lui. Il la désole. Elle aimerait lui faire un signe, rien qu'un petit *Hello FilOne*, mais le commissaire a insisté : « elle dis-pa-raît ! »

Donc le gars reste seul, seul et solo, seul à attendre que la situation évolue. En espérant qu'on veuille bien le prévenir s'il y a du mouvement. Attendre, il n'y a que ça à faire.

Le lendemain, lorsque Lucien se rend à la paroisse. Il redoute sa discussion avec père Jean. Lucien veut le convaincre de laisser venir Kevin. Les arguments du prêtre, il les connaît. Le contexte, l'enquête, la précipitation, avec l'exécution récente de la militante. Lucien connaît les mots, il les entend déjà. Mais lui aussi, il a ses arguments.

– C'est beaucoup trop risqué, Lucien. Je ne connais pas ton ami, je ne l'ai même jamais rencontré.

– C'est mon frère, père Jean. C'est mon double. Vous disiez qu'il fallait intégrer des jeunes. Lui, c'est moi. Nous deux, on est les mêmes. En plus, Kevin, il est super actif sur les réseaux sociaux, il a plein de faux profils, c'est vraiment son truc. Moi pas. Laissez-moi l'amener à la prochaine assemblée. J'ai pensé à tout. On sera tous masqués, il ne connaît pas votre identité. Il ne verra pas la route. Je lui banderai les yeux.

Père Jean est ébranlé. Il veut d'abord en parler avec Jeanne Labrume et le couple de Lucie.

Lucien, à l'intérieur, ça le fait sourire. Car Jeanne sera de son côté, il en est sûr.

– Je te ferai signe dès que nous aurons décidé.

La fille est une fille et elle s'appelle Sidney. Pour beaucoup, son prénom est celui d'un garçon. Curieuse, elle a cherché la trace de femmes connues qui ont porté le même prénom. Elle en a trouvé plusieurs, au moins trois, et sans chercher des heures : une athlète, une actrice, une avocate. C'est ce qu'elle raconte fièrement à Paco, son chéri, en mâchouillant un chewing-gum fatigué, avachie sur la banquette de la cafétéria où elle et son lover sirotent un bubble tea couleur guimauve. La semaine prochaine, Sidney fêtera ses dix-huit ans avec une fiesta de malade. Lui et elle, ça fait deux ans qu'ils sont ensemble. Dans leur quartier, ils forment un couple populaire. Séduisant, déjà. Elle, visage pâle clairsemé de fines taches de rousseur, avec de longs cheveux ondulés d'un roux naturellement vif, presque outrageux ; lui, coiffé d'un afro soigneusement entretenu, une couronne posée sur son visage ébène. Leur port de tête signe leur silhouette.

Aujourd'hui c'est samedi, ils sont allés voir le dernier *Spiderman* en gobant du popcorn au ciné du centre commercial. Donc, là, ils sirotent leur bubble tea couleur guimauve, avachis sur la banquette de la cafétéria.

« Tu sais quoi, j'ai encore des tonnes de trucs à préparer. On y va ? »

Les deux s'arrachent de la banquette. Main dans la main, ils décollent de l'endroit. Ils descendent l'escalier mécanique qui les conduit direct à l'esplanade.

Sidney et Paco la traversent en diagonale pour rejoindre l'arrêt du bus. Le propre d'une esplanade, c'est qu'il y a de l'espace. Mais arrivés au centre de la place, les deux remarquent une drôle de présence : celle d'un jeune mec – il a dans les vingt ans – qui arrive en sens opposé et devrait croiser leur route d'ici quelques secondes.

Machinalement, Sidney et Paco dévient d'un mètre sur leur gauche afin d'éviter une collision, de celles qui tourneraient en boucle sur Insta, enclenchant des centaines de Lol en commentaires.

– Il pourrait se pousser aussi, celui-là !

L'autre garçon ne dévie effectivement pas sa route d'un millimètre. À moins que... À moins qu'il ne se dirige délibérément sur Paco ? Sidney ne comprend vraiment pas à quoi joue le gars.

– Non mais, lui, il a un aimant à la place du cerveau !

Encore quelques mètres et le garçon se retrouve direct face à Paco, tête contre tête, front contre front. Le couple fait stop – bien obligé. Paco questionne le garçon :

– Et donc là, on fait quoi ?

Le garçon le dévisage, œil perçant, regard d'acier. L'expression même de la haine, une rencontre des plus inattendues au centre de cette esplanade. Le garçon entrouvre sa large parka et révèle, bien camouflée à l'intérieur, une impressionnante et frémissante batte de baseball.

– Bin là, le négro, il se pousse et il me laisse passer !

Sidney serre fort la main de Paco. Un geste anxieux qui lui dit : *Laisse tomber, Paco, laisse tomber, on se pousse, on le laisse passer et c'est la fin de l'histoire. Après, on retournera à la vraie vie, celle où ce gars n'existe pas, et on oubliera tout.* Paco reçoit la demande implorante de Sidney, il se pousse effectivement, comme l'exige ce type bizarre et inquiétant. Il cède le passage, obéissant aux ordres de cette froide incarnation du mal.

Ce terrible regard, celui du samouraï prêt à pourfendre l'ennemi, il vient des yeux de Lucien. Des yeux sans âme qui insultent ce *couple de dégénérés*. Et cette fille, *cette Blanche-là qui trahit sa race*.

Et puis Lucien repart. Il poursuit sa route sans se retourner, démarche droite, allure martiale, jusqu'à disparaître de l'esplanade. Un missionnaire inatteignable.

Dans la tête de Lucien, les mots, ça tourne et ça tourne vite.

Kevin, c'est mon frère. C'est mon double. Lui, c'est moi… Nous deux, c'est simple, on est les mêmes !

Et puis, ce jour-là, Kevin tombe sur ce trentenaire populaire qui officie sur le Web. Le gars a une tête franchement banale ; il adore se filmer et balancer ses fulgurantes pensées à un nombre très conséquent de follower*s*, des hommes surtout, tous conquis à sa cause. Il a des cheveux mi-longs, une barbe qui ne ressemble à rien, et le type raconte de ces trucs !

Lola Lol avait prévenu Kevin.

« Mate un coup, parce que Lucien, il est fan du mec ! »

Et le délire du jour du type face caméra, c'est ça :

« Les gens qui ne font pas d'enfants sont inutiles, ils ne servent à rien. Le devoir d'un brave, c'est de se reproduire. Faites des enfants, le plus possible, et aussi n'hésitez pas à donner votre sperme, c'est facile, c'est gratuit et ça permet d'ajouter huit ou dix enfants blancs à notre pays. La préservation de la race blanche passe par tous les moyens ! N'oubliez pas : la transmission des gènes, c'est l'objectif numéro un d'un nationaliste blanc. »

Kevin se lève de son fauteuil. Il est nerveux, pas bien. Il coupe le son, ne supporte plus. En fait, il ne s'attendait à rien. Au pire, à des théories fumeuses sur le « racisme anti-Blancs ». Mais là, ce qu'il entend, ça le dépasse. Kevin transpire. Il cherche une trace de Lucien, un embryon de commun, un signe d'avant. Mais Kevin ne peut établir aucun lien avec quelque chose de familier, d'intime. Pas un détail qu'il puisse reconnaître de Lucien, et c'est terrible. Kevin ne résiste pas. Malgré les consignes, il appelle FilOne.

– J'te parle vite fait. On est en plein délire ici. C'est chaud de ouf. Fil, je sais pas si j'vais assurer. Ça me tord les boyaux, cette histoire. C'est trop glauque pour moi. Je vais pas assurer, FilOne, je sais.

Et puis il se tait. FilOne entend juste sa respiration, et il respire avec lui.

– Moi, je sais que tu vas assurer, parce que ça va sauver des gens. Donc tu vas assurer. J'ai aucun doute là-dessus.

Maintenant, FilOne s'en veut. Pris de court, il pense qu'il n'a pas su entendre, répondre, réconforter. Il se sent inutile, il se dit : *Je sers à rien.* Et puis il retourne à sa solitude.

À distance, Lola Lol lui sort ce qui lui vient en tête pour lui venir en aide.

– Tu fais juste ce que tu peux, Fil, et on en est tous là.

Kevin, il pose son smartphone. Il va s'asseoir face à la fenêtre ; il se souvient. C'était un 15 avril, le jour de son anniversaire, le jour de ses quatorze ans.

Il est avec FilOne et Lucien sur la place du village, face au clocher de l'église. FilOne a amené du son, c'est son ghetto-blaster. Et pour la première fois, ici, au-delà des seules impros, leur rap prend forme. Leurs mots se cognent, un récit émerge. Leur flow, un phrasé, une ambiance.

Grandes écoles ou école agricole ? T'as pas l'choix, porte fermée/À double tour, triple tour/Et c'est la loi/Même si je n'vis pas dans une tour.

Soudés les gars, comme les cinq doigts d'une main. Entre eux, à peine l'épaisseur d'une feuille de papier à cigarette. Kevin se rappelle.

Lucien, c'est mon frère. C'est mon double. Lui, c'est moi... Nous deux, c'est simple, on est les mêmes !

Partie 5

Pour la vie

12

C'est une histoire de dingues. Une vraie folie. Toujours assis sur cette misérable banquette en cuir usé tout au fond du même café, le commissaire médite sur les névroses et les phobies du monde. Il se refait tout le film. Il n'en sort plus et ne contrôle plus rien, si ce n'est un but : rester efficace pour stopper ces malades. Concentré. Le reste, il s'en fout. Trois victimes identifiées, exécutées *au nom de la race*. Terrassées par la haine. Comme le fut Oma, Oma Bernstein.

Deux semaines à suivre, pas à pas, les avancées de Kevin dans son infiltration. Sa première audience devant un groupe masqué. Des terroristes. Le petit gars assure, c'est très impressionnant. À ce niveau, le commissaire se devrait de signaler l'affaire aux services spéciaux. Mais Soumeya ne fait confiance qu'à lui. L'homme a son éthique : il ne peut pas la trahir. Et il doute de ces brigades spécialisées, de leur capacité à se saisir d'une histoire hors norme.

Une histoire sans pareille. Le commissaire se donne une semaine pour arrêter les meneurs. Sept jours, six nuits, pas plus. S'il échoue, il devra se faire une raison : il communiquera toutes les infos à l'inévitable hiérarchie.

En attendant, il suit son intime conviction, même si elle échappe aux règles, même si elle est déraisonnable. Son intime conviction lui dit que ces cinq jeunes-là – Lola Lol, Soumeya, la stagiaire, Kevin, FilOne – sont plus en capacité d'arrêter le massacre que les services dédiés. Parce qu'ils ont la révolte, parce que ça parle à leur chair, que cette histoire leur est insupportable. Leur vie ne peut continuer avec cette horreur, ils ne veulent pas de ce monde-là. Et parce ce qu'il est là, lui, le commissaire, pour les cadrer. Aucune résignation.

La diseuse de bonne aventure se fraie un chemin entre les tables et se faufile jusqu'à lui.

– Tu es en train de te noyer. Donne-moi ta main.

Sans réfléchir, le commissaire cède. La femme ausculte les lignes de sa main, les suit de son long doigt fin. Elle hésite, lâche la main, la reprend, hésite encore. L'abandonne.

– Alors... tu ne vois rien ?

– Je vois, oui, mais je n'ai pas envie de me perdre dans les endroits où tes lignes m'emmènent.

Le commissaire reste concentré sur l'image de Kevin. Il lui envoie ses bonnes ondes et toute la force qu'il peut lui communiquer. Comme sa grand-mère, Oma Bernstein, lui a appris à le faire.

Surexcité, Lucien débarque à la grange ; il a monté la côte en quatrième vitesse, il est en nage. Lucien jette son vélo à terre et se précipite à l'intérieur. Kevin l'attend.

– Hey frérot, j'ai une super nouvelle ! Ça y est !

– Ça y est, quoi ?

– Ce week-end, y a une grande rencontre des jeunesses identitaires, ici, mon gars. Ça dure deux jours, c'est nous qui l'organisons. On est dessus depuis des mois mais de base j'avais pas l'droit d'en parler. Là, c'est bon, tu peux venir, tu dois venir même, t'auras deux jours de formation. C'est physique tu vas voir.

– C'est... génial !

– Bin oui, c'est génial, j'suis trop content pour toi, et franchement, pour moi aussi. Je kiffe trop de t'avoir avec moi, avec nous. Tu vois, je pensais qu'avec toi et FilOne, c'était dead et puis en fait, toi et moi, on a fait le même chemin, c'est trop classe ! On est unis, tu vois, t'es mon frère pour la vie.

Comme toujours, l'enthousiasme de Lucien déstabilise un instant Kevin. Ses mots, son sourire le touchent. Lucien a l'air tout simplement heureux, et c'est si rare.

– Ouais, comme tu dis, pour la vie !

– Et tu verras, FilOne, quand il en aura marre de tous ces négros, il finira par nous rejoindre. Il va pas se laisser écraser sans réagir, non ?

Kevin serre les dents. Un week-end identitaire ? Une sacrée épreuve s'annonce. Mais Lucien ne remarque rien, emporté dans son élan. Donc tout va bien. Kevin, il lui reste encore à informer le commissaire. Et le plus vite possible.

Lola Lol s'est installée chez Soumeya.

Un soir, l'idée a surgi autour d'un verre de vin et de quelques tapas. C'est comme ça entre elles, les filles sont au diapason. Dans ce contexte sur-anxiogène, leur indépendance avait muté en solitude, une angoisse terrible.

Deux jours plus tard, Lola Lol débarquait chez Soumeya avec ses bagages, ses platines et ses vinyles : tout ce qui était transportable et nécessaire. Les deux filles ont transformé l'appartement en refuge émotionnel, un cocon protecteur, un bunker anti-terreur, une forteresse partagée. Ici, ensemble, elles font bloc, soudées, elles sont inatteignables. Les rideaux sont tirés, le jour ne pénètre plus dans leur antre. Comme en temps de guerre, elles ont fait des provisions. Les filles ne sortent pas, elles ne sortent plus. Seuls Kevin, FilOne et le commissaire ont accès à leur univers calfeutré.

Le monde n'existe plus. Que les autres les oublient ; les voilà quelque part en orbite, hors d'atteinte. Loin de la brutalité du monde.

Une nuit de pleine lune, la main de Lola Lol a glissé sur le corps de Soumeya. Surprise, la jeune femme l'a accueillie avec un petit sourire en coin et un murmure à l'oreille : *She's the prettiets thing I ever seen...*

Les filles se sont embrassées avec passion, sans retenue, avec stupeur aussi. *Such a beautiful violence mooving in.*

Soumeya a besoin de connaître Lola.

Mais sous ses airs de diva punk, Lola Lol est une fille secrète. Elle ne raconte pas. Alors Soumeya lui a posé des questions. Sa vie d'avant, sa famille, son histoire.

« Franchement, j'ai pas grand-chose à raconter. Je suis née et j'ai grandi dans la Creuse. Ma famille a déménagé ici il y a deux ans seulement. Ma grand-mère était basque, on a hérité de la ferme – la Creuse, c'était vraiment trop hard. J'ai deux parents agriculteurs normaux : ils kiffent leur vie, même si c'est pas facile. Faut dire déjà que leur voisin s'est pendu dans sa grange… Et puis deux frères normaux qui se bourrent la gueule le samedi soir au bowling du coin, tout ça pour dégueuler sur leur vie de merde au p'tit matin. Le bowling ! T'imagines ça, toi ? Ça pose le décor creusois. Le Pays basque à côté, c'est Hollywood ! Moi j'étais une sage petite fille, plutôt douée à l'école. Bon, j'avoue : même carrément douée. Donc destinée au lycée agricole. Bien sûr, y avait pas de grandes écoles là-bas, mais, surtout, on sait même pas que ça existe. Et puis un jour j'ai pété les plombs. Et pas qu'un peu. C'est l'ennui qui m'a vraiment fait exploser. L'ennui, quand t'es ado, ça te bouffe grave les neurones et tout ce qui va avec. Et puis j'ai eu une première copine, une fille de Bayonne. J'étais vraiment amoureuse ; pas elle. C'est la life. Je suis allée voir le film de Despentes, *Bye Bye Blondie*, ça m'a donné des ailes. Je me suis branchée :

deux ans plus tard je suis devenue DJ… DJ Lola Lol. Mais ma grande passion secrète, ça a toujours été d'entrer dans le ventre des ordinateurs. C'est dingue tout ce que tu peux y trouver, t'imagines même pas ! Voilà, je t'ai tout dit. Je t'avais prévenue : y a rien de passionnant. »

Elle rigole ou quoi ? Soumeya la dévore des yeux. Et une heure plus tard, sa bouche dévore son corps.

C'est sa première liaison avec une femme. Vivre cette histoire lui permet aussi de ne rien oublier de Miguel. C'est une histoire entièrement autre, ni moins, ni plus importante. Alors elle se jette dedans, elle y va sans retenue. *The prettiest thing I've ever seen*. Elle fredonne l'air, ça trotte dans sa tête. Ça court. Cette fille, Lola, a une énergie spéciale, une énergie désespérée.

Soumeya, ça la remue et ça la fait chanter. Son esprit danse ; pour autant elle n'oublie rien de son deuil. Il est présent à tout instant ; il ne la quitte jamais. Il est en elle.

Un jour, elles sont dans un café de Bayonne. Soudain, pas loin d'elles, un portable sonne. Soumeya en est saisie.

Ce son-là, cette musique douce, un peu désuète, elle la connaît. C'est le son du smartphone de Miguel, sa sonnerie.

Lola aimerait parler de lui avec Soumeya et ne pas taire son nom, ne pas ignorer leur histoire. Plusieurs fois, elle essaie. Soumeya esquive. Et puis ce soir-là, Lola Lol n'a rien voulu tenter. Et Soumeya a parlé.

– Un jour, je lui ai demandé ce qu'il aimait plus que tout ici, dans cette région. Il a réfléchi et il m'a dit :

« Je ne peux plus vivre sans les oiseaux. Ils t'ignorent, mènent leur vie, parfois tu sens qu'ils te glissent un son, un mot. Un instant, ils chantent pour toi. Ils sont partout, et là tout le temps. Leur chant ne quittera plus jamais ma tête. Ils sont présents à vie, juste au centre de mon espace mental. Et puis il y a la langue, le basque si présent, enseigné, parlé, écrit, chanté. Vivant ! Une lutte, une bataille... La culture d'ici, c'est pas du folklore. Et puis il y a la Nive. Par endroits, elle étincelle lorsque le soleil brille. Et sa noirceur t'absorbe lorsque les nuages dominent. La force des courants. Par moments, on imagine même qu'elle pourrait t'engloutir. »

Le matin, Lola est résolument café et Soumeya plutôt thé.

Chacune a sa chambre. Elles ne veulent pas s'installer dans une histoire. Seulement la vivre à fond.

Elles ne sortent pas ; mais elles se quittent quand même - une heure, une matinée, une nuit - en changeant de pièce et en fermant la porte. Tout s'est organisé avec beaucoup de naturel. Les filles inventent leur rythme et ça leur fait du bien.

– Proxo ! Faudrait quand même que j'bosse un peu. J'ai même pas répondu aux messages.

– *Proxo* ?

– Oui : *proxo*, *proxénète*. Je dis jamais *putain*, les mots qui insultent les femmes, ils sont bannis de ma bouche. Donc *proxo*, oui ! Et j'en ai une vraie panoplie, tu peux me faire confiance.

– J'avoue ! Trop hâte de découvrir ton dictionnaire, ça et plein d'autres choses encore.

The prettiest thing I've ever seen…

À l'école de police, les élèves se plaignent de missions sans intérêt, de stages café-photocopieuse ; ils ont le sentiment de ne pas apprendre, d'être inutiles. Avec le commissaire, c'est tout le contraire. D'ailleurs parfois, elle, ça l'intrigue, l'homme n'est pas connu pour entretenir un esprit collectif. La stagiaire se demande d'où lui vient la confiance qu'il lui porte. Elle sursaute. Le commissaire entre en trombe dans l'office où il a réuni ses maigres équipes.

« Là, on tient du solide ! Du très, très lourd ! Le week-end prochain un camp des jeunesses identitaires va se tenir ici, dans la région. À nous de découvrir le lieu ! Il faut sillonner sans relâche, vérifier les locations, on ne sait jamais, et surtout chercher un endroit hors des circuits. Et attention : le plus discrètement possible. Personne ne doit savoir que nous avons l'info. Ça pourrait mettre des vies en péril ! On n'a pas le choix, on doit assurer. Se planter n'est pas une option, on n'a aucun droit à l'erreur. Donc pas de précipitation. On réfléchit, on se prépare, on s'organise, on se concerte. Rien ne doit être laissé au hasard. »

La stagiaire sort de la réunion surexcitée. Elle est heureuse. Mais le commissaire l'a prévenue : elle ne doit pas se laisser déborder par son enthousiasme. « On réfléchit, on se prépare, on s'organise, on se concerte. »

De la méthode, voilà ce qui sera essentiel. Plus que tout, la stagiaire veut satisfaire le commissaire. Elle se creuse les méninges. Comment arpenter la région sans éveiller les soupçons ? Un jour sa mère lui a dit : « Pour vivre cachée, rends-toi visible ». Bingo !

– Commissaire, vous pourriez m'avoir une plaque d'immatriculation anglaise ? Et je veux bien une perruque rousse aussi ! Je crois que je pourrais jouer à la touriste en recherche d'une maison à acheter. Je suis totalement bilingue, et sans le moindre accent. Et je sais très bien me vieillir, je vous l'avais dit : j'ai fait une école de maquillage avant de m'orienter police. Je suis une fan de *Fantômas*[23], non, pas les films, mais les bouquins. Vous ne vous rappelez pas ?

Le commissaire est bluffé. La gamine ne sait effectivement pas frapper aux portes avant d'entrer, mais elle a clairement d'autres talents... Le lendemain, lorsque la stagiaire se pointe, version touriste anglaise, le résultat est saisissant. Mais question vraisemblance pour chercher une maison, le commissaire a une idée complémentaire. Deux filles seraient encore plus crédibles.

– Vous vous sentiriez de relooker Lola Lol en version, disons, moins repérable ? Ni trop ni pas assez, juste crédible. Vous voyez ce que je veux dire ?

---

23. Pierre Souvestre et Marcel Allain. *Fantômas*. Coll. Bouquins. Roman-fleuve paru en 1911.

Rien d'orthodoxe dans l'emploi de ces deux jeunes femmes. Mais le commissaire est ailleurs. Plus de loi. Deux consœurs, stagiaire et DJ punk… Pour sûr, sa carrière de flic est achevée. Rien à battre. Il veut leur peau. Prêt à tout !

Munies d'une carte de la région au cas où le GPS fatiguerait, les filles ont arpenté, arpenté encore, visité des maisons - pour garder leur crédibilité. Sillonné les routes, tout en restant discrètes. Elles ont contrôlé chaque millimètre. Le binôme stagiaire-Lola Lol a assuré. Concentrées, concentrées à fond, rien à redire !

Pourtant, deux jours plus tard, c'est un constat d'échec, elles n'ont rien trouvé. C'est alors que la stagiaire a une idée :

– Laisse tomber la bagnole, on va prendre le petit train. Il longe la Nive jusqu'à Saint-Jean-Pied-de-Port. Depuis là, on verra peut-être autre chose.

Elles rejoignent la gare d'Ustaritz, juste avant Cambo. Un train est annoncé d'ici cinquante minutes, une chance. C'est un wagon moderne. Pourtant, une fois dedans, on ne sait plus à quelle époque on est. Il y a quelques personnes du coin et des routards affublés de chaussures de marche et de gros sacs à dos. Cette fois, des Italiens, des Japonais, un Écossais. Tous en route pour Saint-Jean. Des curieux de la planète. La stagiaire découvre ce drôle de train intemporel. Elle glisse à l'oreille de sa complice :

– Dis-donc, c'est tout un monde ici.

– Et regarde la vue ! Un serpentin de verts.

Mais quelques minutes plus tard, en arrivant à la gare suivante, celle de Bidarray, la chose leur apparaît... Droit devant elles, évidente, elle s'impose. Les filles sont médusées.

– Tu vois ça ???? Vas-y, vite, on descend !

Juste le temps de glisser entre les portières. Trop juste. D'un coup, elles se referment sur le sac de Lola.

– Vas-y, écarte, écarte, faut que ça passe, faut que ça passe, ça va passer ! Ça va passer ! Yes ! Bidarray, nous voilà...

Ils sont tous présents. Portes et volets fermés. Seules quelques bougies sont allumées, aucune autre lumière.

Ils sont entre eux, fiers, unis, c'est la famille. Père Jean préside aux côtés de Jeanne Labrume qui s'est discrètement décalée de son voisin de droite – il y a des odeurs d'homme qu'elle ne supporte pas. Lucien est là, et l'homme au livre, la femme au tricot, les de Lucie, Henri… Ils sont dix-huit. Les dix-huit membres.

– Bientôt dix-neuf, grâce à Lucien ! Nous sommes sur le point de recruter Kevin, son ami d'enfance. Il sera avec nous ce week-end.

Tous se réjouissent. La famille, leur famille, c'est sacré. La cause qui les unit, leur ADN, leur raison d'être. Ils sont des résistants, des mercenaires. Ils sont des patriotes assiégés. La guerre, c'est maintenant. Et tous sont prêts. Ils sont debout. Le mental, ils l'ont. Le physique, il viendra avec ces jeunes hommes formés lors des stages d'entraînement. Des garçons forts, en pleine santé. Des garçons sains, pas des déviants. Disponibles et formés pour combattre. La famille est là.

– Oui, la famille est là.

Jeanne porte une étole rouge carmin, assortie à la couleur de ses lèvres. Lucien est rasé de près. Être ici, c'est un honneur, un privilège. Ici, c'est l'avant-garde.

– Ce qui compte ?
– Notre devoir.
– Ce qui nous porte ?
– Notre devoir.
– Le but final ?
– Suprématie !

Monsieur de Lucie est un peu chancelant. On lui apporte une chaise trouvée dans la réserve. L'ambiance est solennelle. L'instant, intense. Le pacte les unit.

– Ce qui compte ?
– Notre devoir.
– Ce qui nous porte ?
– Notre devoir.

Et puis il y a ce regard… Les yeux de Lucien s'attardent sur Jeanne Labrume et ils se perdent en elle. Un instant troublant qui n'a pas échappé à Père Jean. Après avoir salué l'assemblée, le prêtre s'interroge, le doute s'impose à lui. Il a un temps d'absence juste au début de son discours, après avoir salué la famille. Tous sont suspendus à ses lèvres. Deux longues minutes, ils attendent ses paroles. Monsieur de Lucie s'impatiente, mais père Jean réfléchit. Puis il finit par se reprendre et retomber sur ses pieds.

Jeanne sourit à la famille – elle sourit peu. *Cela n'est pas bien grave*, raconte son visage. *Père Jean est fatigué.*

Jeanne s'adresse maintenant à Henri, l'homme de main.

– Tout est clair pour ce week-end ?

– Nous serons trente, affirme Henri. On a eu énormément de demandes mais plus on est nombreux, plus on est visible. La sécurité nous impose des limites. Nous introduirons trois nouveaux garçons : Kevin, l'ami de Lucien, un cadre belge et un étudiant de Marseille. Beaucoup veulent nous rejoindre mais les process sont compliqués, nous devons rester plus que méfiants ; la prudence et la sécurité nous imposent des limites.

Après cet échange, des duos et des trios se forment. On prolonge la rencontre. On se parle à voix basse, on murmure, c'est la consigne.

Père Jean saisit la main de Jeanne et se contente de sonder son regard.

– Oui, père Jean ?

– Vous êtes une femme étonnante.

– Étonnante, vraiment ?

Le lieu est idéal. Vingt chambres à l'étage. Bien sûr, il y a un risque. Mais ils assument. Vivre comme des rats, c'est terminé. L'ultra-clandestinité limite les vocations. Fiers. Fiers de leurs convictions, de leur projet. Fiers, oui !

Lucien s'avance. Il a quelque chose à dire :

– Je me suis permis une chose, je m'en excuse à l'avance… (les regards convergent vers lui) Kevin est déjà là-haut. Dans une des chambres. Il n'a rien vu de la route, il ne sait pas où il est. J'aimerais vous le présenter. Kevin, c'est mon double. Lui et moi, nous sommes frères. Si vous me faites confiance, vous lui faites confiance. Il est des nôtres. Nous sommes indissociables.

Chacun est attentif. Le silence s'impose. Après s'être assuré du regard approbateur de Jeanne Labrume, père Jean livre sa sentence.

— Ah, la jeunesse… Va le chercher !

Rassuré, Lucien remonte dans la chambre. Kevin va pouvoir faire son entrée. Lucien l'amène jusqu'à l'escalier sans rien lui dire. Kevin avance à petits pas, les yeux bandés, hésitant.

Les voilà en haut des marches face à la salle, dominant l'assistance. Lucien lui retire le bandeau. Alors Kevin ausculte chaque visage, il en reconnaît plusieurs. Le garagiste. Madame Lacombe, l'institutrice ! Et Jeanne Labrume, et le père Jean !

Le prêtre s'adresse à lui :

— Bienvenue à toi, Kevin. Ici, tu es en zone libre, en zone non occupée.

Kevin sourit un peu, histoire d'exprimer quelque chose. Mais un filet de sueur glacée lui coule le long de l'échine.

— Merci.

D'une seule voix, la réponse vient à l'unisson :

— Ce qui compte ?

— Notre devoir.

– Ce qui nous porte ?
– Notre devoir.
– Le but final ?
– Suprématie !

Une à une, Kevin descend les marches. Ses jambes sont fragiles, son équilibre précaire. Il rejoint l'assemblée, soutenu par Lucien, visage ouvert et souriant. Presque léger. Lucien rayonne, ils sont ensemble. Il est heureux.

Soumeya est furieuse. Et le commissaire en fait les frais !

– Donc vous avez tout organisé dans mon dos… et pour me protéger ??? Parce qu'une pauvre petite Noire ne saurait pas être actrice de son propre sort ? Non mais j'y crois pas. Et avec la complicité de Lola, en plus !

Le commissaire est désolé. Il essaie d'expliquer : sa couleur la désigne effectivement à tous ces terroristes. De plus, elle était la compagne de Miguel M'Bongo, ils connaissent son identité et son visage.

– Je ne suis pas idiote, je peux entendre tout ça. Mais je ne veux pas qu'on décide à ma place ! Tenez-vous-le pour dit. Allez, on y va !

– Euh, OK mais on va où ?

– Je n'en sais rien, mais je ne vous quitte plus. Donc je vous suis.

Lorsque le duo sort de chez Soumeya, il tombe sur DJ FilOne, hagard, qui erre autour de la porte comme une âme en peine. Le pauvre gars a été totalement oublié, mis de côté. Un laissé-pour-compte. Soumeya est choquée.

– On l'embarque avec nous ! Il a le droit d'être là. C'est quand même grâce à lui qu'on a pu avancer.

Le commissaire l'a bien compris, inutile d'opposer quelque argument que ce soit. Le duo est désormais un trio.

Un des téléphones vibre, c'est celui du commissaire. Un SMS.

– Les filles ont trouvé un endroit qu'ils auraient pu investir. Elles sont sur place. C'est un hôtel abandonné près de la Nive, à Bidarray. L'hôtel du Pont d'enfer…

Partie 6
Pantomime

Une grande bâtisse aux murs d'un blanc passé, des volets brun-rouge, clos. Ce fut jadis un hôtel, *l'Hôtel du Pont d'enfer*. C'est un lieu désormais déserté.

Le Pont d'enfer, *Infernuko zubia*, surplombe la Nive et enjambe le torrent du Bastan. Une légende raconte que le diable se serait jeté dans ses eaux.

À l'étage de l'hôtel, Kevin défait ses quelques affaires. Des survêts, une chemise au cas où : il n'a aucune info sur le programme. Lucien est assis sur le lit face à lui, sourire lumineux suspendu à ses lèvres. La porte de la chambre est fermée. Personne ne peut les entendre.

– C'est rare de te voir sourire comme ça.

– J'ai trouvé ma voie, frère. Et puis t'es là. Et puis… J'vais te dire un secret, mais grave important, personne, personne doit être au courant, c'est entre toi et moi, à la vie, à la mort, OK ?

– Vas-y.

– Jeanne et moi, on est ensemble.

– Jeanne ? Jeanne Labrume ?

– Yes !

Kevin le regarde avec stupéfaction, bouche béante, incapable d'en extirper le moindre mot ; dans sa tête, c'est le chaos.

– Mais…

– Vas-y, frère, cherche pas, c'est comme ça, c'est tout. La différence d'âge, c'est rien du tout. J'suis heureux et pour la première fois de ma putain d'vie !

Kevin cogite. Sans toute cette merde, lui aussi serait heureux pour Lucien. Vraiment heureux. Mais là… Son cerveau est en ébullition. D'un coup, ça vrille dans sa tête. Et c'est comme ça que ça sort :

– En fait c'est ça ? C'est elle qui t'a convaincu de les suivre, eux, là ?

C'est dit, et c'est trop tard. Kevin réalise : ces mots n'auraient jamais dû être prononcés. Les mots de trop.

Eux, là... C'est elle qui t'a convaincu de les suivre... En fait, c'est ça ? Ils tournent en boucle dans sa tête, ça s'agite, tourbillonne. Plus de salive, la bouche pâteuse. Silence. Les deux garçons se scrutent. Leurs yeux se torpillent, leurs pupilles se dévorent.

Et puis Lucien se lève. Sans précipitation. Doucement, même. Ses gestes sont lents, presque tranquilles. Son visage impassible. Livide, gorge sèche, torse tendu, Kevin l'observe. Lucien finit par lâcher sur un ton calme, mécanique, sans émotion :

– Tu parlerais pas comme ça si t'étais vraiment avec nous.

Ça lui tombe dessus. Kevin est assommé. Il ne sait pas quoi ajouter. Alors il dit :

– Quoi, t'as dit quoi ?

Et Lucien répète les mots, d'une même voix monocorde.

– Tu parlerais pas comme ça si t'étais vraiment avec nous.

Kevin ne dit plus rien. Lucien marque un temps. Et puis il reprend :

– Y a des pactes qu'on ne peut pas trahir, frère, tu sais quoi ? Tu sais pas ? Bin, justement, on ne peut pas trahir son frère.

– Lucien, attends...

Mais Lucien n'attend pas, une foulée vers la porte, et, d'un coup, il se propulse hors de la chambre.

Kevin se précipite, se jette sur la poignée ; il la secoue, la secoue. Rien à faire, impossible.

Lucien a verrouillé la porte. Enfermé, le Kevin. Pris au piège. Bang Bang !

Dans le salon de l'hôtel, Jeanne se sert un verre, un whisky sec comme elle les aime – elle a apporté sa fiasque. Elle est assise dans un vieux grand fauteuil, un oublié. Pas d'électricité, leurs visages s'épient à la lueur des bougies. Ça sculpte des ombres et d'étranges sourires.

– En quoi suis-je étonnante, père Jean, dites-moi ?

Un miroir, le sourire de père Jean lui tend un miroir. Un reflet. Sous cet angle, tout devient clair. L'homme a deviné, il a compris. Un instant, elle est déstabilisée et cela se voit parce que ça ne lui ressemble pas. Le prêtre en profite :

– Vous savez la place que vous tenez dans la famille. Vos destins sont liés. Nos destins sont liés. Je n'en ai plus pour très longtemps, c'est évident. Si je meurs et que vous tombez… Sans vous, la famille s'effondre.

Jeanne Labrume sait où père Jean veut la conduire. Le sens du sacrifice. Le devoir d'une patriote. Leurs valeurs fondatrices.

– Si j'étais un homme, les choses seraient différentes, n'est-ce pas ?

Père Jean jubile.

– Mais c'est précisément un thème récurrent de vos conférences familiales, il me semble. *La complémentarité naturelle des rôles féminin et masculin*. Pas l'égalité. Nous sommes au cœur de votre sujet.

– Donc, je dois renoncer à Lucien.

– Très exactement.

Elle se lève, esquisse quelques pas dans la pièce. Et puis elle se retourne. Elle lui fait face.

– Et bien je renonce.

Père Jean est surpris par cette rapidité à trancher.

– Je suis étonnante, n'est-ce pas ? C'est vous qui le disiez.

L'instant s'interrompt lorsque Lucien débarque ; il dévale les escaliers et surgit dans le salon.

– J'me suis planté. J'me suis planté. C'est un traître, Kevin, c'est un traître !

Et bang !

Hôtel, extérieur sud, la nuit est tombée. Lola Lol n'en mène pas large mais rien ne transparaît. Elle assure. La stagiaire est impressionnée.

– J'suis impressionnée !

Et ça étonne Lola Lol qui ne se trouve pas, mais alors pas du tout impressionnante.

– On dirait que t'as fait ça toute ta vie.

– En vrai, j'suis un peu flippée.

– Je vais te donner un truc : chante-toi une chanson que tu kiffes. Suis-la, ne la lâche pas. Ça donne grave du courage.

Lola Lol n'a pas besoin de réfléchir. Aucune hésitation. Les phrases lui viennent tout de suite en tête.

She's the prettiest thing, I've ever seen... Prettiest thing, I'm mooving in.

– Tu l'as ?

– Je l'ai. Et ça marche !

Hôtel, extérieur nord, ils ont caché la voiture derrière une rangée d'arbres, presque au bord de la route. Leurs torches projettent un mince filet de lumière. Un trait, un flash, une brève vision qui leur permet d'avancer. Et puis elles s'éteignent. Et c'est le noir total. Un seul son : le froissement des corps sous les branches, entre les brindilles. Il se mêle au bruissement du vent qui frôle les feuillages. Rien n'est dissociable. Les corps avancent, lentement, ils se faufilent.

Leurs silhouettes dessinent une pantomime des plus étranges, tout en mouvements décomposés, c'est un théâtre d'ombres.

Soumeya, vêtue de collants opaques et justaucorps noir, évoque la figure de Musidora, mystérieuse Catwoman avant l'heure, escaladant, féline, les toits de Paris. Les trois tentent de pourfendre l'opacité de la nuit, deviner l'indice d'une présence, celle d'un lieu secrètement habité.

L'hôtel du Pont d'enfer. La bâtisse leur fait désormais face. Ils sont au nord du bâtiment. Le commissaire fait un signe à Soumeya. Elle devine le geste mais ne sait comment l'interpréter. Maintenant, c'est clair : le commissaire leur intime de se baisser et de rester à terre. Lui seul est armé. Lui seul peut pénétrer l'endroit.

Rien ne dit qu'il s'agisse du lieu recherché. Mais le commissaire sent ce truc qui le démange à l'intérieur de lui. Cette chose bien cachée qu'Oma Bernstein l'avait encouragé à cultiver… Une intuition hors du commun. Plus encore : un cinquième sens. Et ce sens-là lui parle.

Dans une enquête, il n'y a pas que du rationnel. À partir de ces mots-là, Soumeya l'avait regardé différemment. Ces yeux. Cette pomme d'Adam saillante. Cette blancheur exsangue. L'homme avait pris corps.

FilOne et Soumeya sont tapis au sol, face contre terre. Ils tentent tant bien que mal de suivre les mouvements du commissaire qui a repéré une lucarne sans volet. Il lui suffira de casser la vitre.

Extérieur sud, la stagiaire en est presque sûre, elle a entendu un claquement suspect. Une porte ? Ça viendrait de l'aile nord du bâtiment. Lola Lol, elle aussi, a cru deviner quelque chose. Les filles décident de s'avancer par là, direction nord, pour vérifier l'origine du bruit qui les alerte. Elles sont brutalement stoppées dans leur élan.

Salon de l'hôtel, la tension est à son paroxysme.

– Comment tu as pu être aussi naïf ? Ton *double*, ton *frère* ?

Interpellé par Jeanne, Lucien ne sait plus. Père Jean tente de résumer la situation. Rester concentré et factuel.

– Tu lui as pris son portable ?

– Dès le départ. Je l'ai déposé dans le coffre avec les autres.

– Tu l'as fouillé ?

– Je l'ai fouillé avant son arrivée ici. Il n'a pas de GPS.

Père Jean prend le temps de s'asseoir. Il ne peut plus réfléchir debout, il a besoin d'un cadre.

– Jeanne, appelez Henri. Qu'il organise une ronde tout autour de l'hôtel. Lucien, rejoins-les. Nous ne devons pas prendre le moindre risque. Ici, il n'y a pas de place pour le doute.

Lorsque Lucien sort de l'hôtel, il se retrouve confronté à la nuit.

Il projette sur les ténèbres tout ce qu'il a perdu en une seule petite heure : son ami, son frère, son double, *entre nous, y a pas plus épais qu'une feuille de papier à cigarette*. Jeanne, Jeanne, Jeanne. La confiance de père Jean, son espérance, la confiance de la famille. Ça défile comme dans un film. Ça lui arrache le ventre. Il attrape une barre de fer qui sert de balustrade, il l'empoigne, l'étrangle, l'étrangle. Les muscles de sa main tendus jusqu'au déchirement… La fureur. Tout son corps s'étire vers l'infini, s'étire, s'extirpe, se crache, se clashe. Alors Lucien vomit un cri qui s'élance dans la nuit, rebondit et torpille les ténèbres. *Bang Bang* !

He shot me down
Bang Bang
That awful sound
Bang Bang
My baby shot me down.

Extérieur sud, Henri et ses sbires ont stoppé net les deux filles dans leur élan. Un coup mat. Effondrées. Ils les traînent jusqu'à la réserve, attenante à la salle à manger. Lucien, livide, en ouvre la porte. Le garçon a une tête de revenant. Mais personne n'y prête attention.

– Faut les attacher. Elles sont juste assommées. Faut les identifier aussi.

Partout, on cherche les ombres, un tressaillement. On tend l'oreille, les yeux percent cette pénombre lancinante. On épie un mouvement, un souffle, un parfum, on épie une présence tout en la redoutant. On scrute les angles. Les portes fermées sont menaçantes, les portes ouvertes incertaines. Un grincement, une respiration ? Intuitivement chacun sait que l'autre est là. Ils se sentent, se respirent.

Kevin en panique, enfermé dans sa chambre.

Lucien qui cherche sa place, il vacille entre deux mondes.

Malgré la tension, Jeanne Labrume a une mélodie dans la tête, omniprésente. C'est étrange – et malvenu : des mots, un chant. *Wild is the wind.* Plus elle cherche à la chasser, plus la mélopée s'impose à elle.

Père Jean scrute l'horizon, il attend un signe.

Les filles sont ligotées, enfermées dans la réserve. Elles ont repris conscience mais restent bâillonnées. Dans la tête de Lola Lol, ça chante fort. *She's the prettiest thing I've ever seen*, et ça lui donne du courage. Sa force rassure la stagiaire.

Le commissaire s'est introduit dans la bâtisse au premier étage, près de la chambre de Kevin. Devant lui, un long corridor obscur et désert. Lumière jaunâtre.

Dehors, plaqués à terre, Soumeya et FilOne contrôlent leur respiration. L'angoisse est maîtrisée. Pour le moment.

La famille est là. Immobile et silencieuse dans cet espace qui, autrefois, fut la salle à manger d'un hôtel animé. Ils suivent les ordres de père Jean. Des ombres solidaires. Seuls Henri et deux sbires ont repris leur ronde à l'extérieur, à la recherche d'autres intrus. Ils écoutent le silence. Les cœurs martèlent un tempo répétitif à coups de percussions mentales, de respirations haletantes, de sueurs glacées. C'est le lieu d'un drame, et tous en ont conscience. Une nuit des destins.

Jeanne ne comprend pas pourquoi cette chanson a envahi sa tête dans un moment si intense, un contexte où toute son attention devrait être mobilisée. Un comble, une chanteuse *nègre*. Mais c'est comme ça. C'est là, en elle, et c'est obsédant.

For we're like creatures
of the wind
And wild is the wind[24].

Soudain, un bruit énorme. Une porte qu'on défonce. Père Jean, terrifié, terrifiant, désigne l'étage du doigt.

Salle à manger, la famille est prête à rendre justice. Henri a saisi un couteau de cuisine.

Lola torpille du regard sa stagiaire de voisine – *C'est quoi ça ?* Les filles tordent bras et jambes pour tenter de se libérer et ramper vers la porte.

---

24. *Wild is the wind*, de Nina Simone. *Car nous sommes des créatures du vent/Et sauvage est le vent.* Chanson de Johnny Mathis (Columbia). Paroles et musique : Dimitri Tiomkin et Ned Washington. Reprise par Nina Simone en 1966 (Philips).

Lucien, lui, a compris : le bruit vient de la chambre, la chambre de Kevin.

Le commissaire a entendu une plainte et réussi à défoncer enfin la porte. Il saisit Kevin affalé sur le lit et l'entraîne vers la fenêtre cassée. Mais Kevin lui tranche les ailes :

– Attendez, Commissaire, il y a aussi deux filles qui sont retenues.

Lola Lol et la stagiaire ! L'espace d'un instant, un seul, le commissaire est découragé. Abattu. Impossible d'appeler des renforts, on ne capte rien ici. C'est alors qu'une masse s'abat sur eux. Kevin et le commissaire sont jetés à terre.

Maintenant, c'est une autre porte qu'on défonce. À coups de barre de fer. La grande porte d'entrée.

Père Jean s'écrie : « C'est la police, nous sommes perdus ! »

Mais ce n'est pas la police. Le commissaire est en danger, il a besoin de renfort. Soumeya et FilOne ont capté. Tous pour un, ils ont bondi, saisi une barre de fer, l'ancienne balustrade, celle que Lucien a saccagée. Et ils tapent, ils tapent. Ils frappent de toutes leurs forces. Leurs muscles dégagent une puissance jusque-là inconnue. Un déchaînement. Vrrrrram, la porte d'entrée de l'hôtel se brise.

Des cris, ceux des deux filles, viennent de derrière une autre petite porte, encore une, c'est celle de la réserve.

Lucien n'écoute que son instinct ; il se précipite dans le hall. Il a saisi une hache.

Les trois se retrouvent face à face, barre contre hache.

FilOne, Soumeya, Lucien.

Soudain, deux coups sont tirés, et cela vient d'ailleurs. FilOne et Soumeya ont juste le temps d'échanger un regard : *Alors, c'est ça la vie ? Et c'est comme ça qu'elle finit ?*

Un instant, Soumeya revoit les visages de Lola Lol et de Miguel M'Bongo, avant de s'effondrer.

Les corps de FilOne et Soumeya gisent à terre. Du sang coule, un filet.

Lucien se jette sur son pote. Un cri s'élève. *Nonnnnnnnnn…*

S'évapore dans les airs. Lucien crache des larmes de douleur.

Juste avant la stupéfaction. Hagard.

Les coups de feu sont partis de la droite. Une porte est entrouverte, et c'est venu de là.

Planquée derrière cette porte, Jeanne Labrume, arme en main, tente de disparaître. Elle glisse vers une autre porte. Il y a des portes partout. Il y a aussi de grands miroirs où ces mêmes portes se reflètent. Un labyrinthe projeté dans un théâtre d'ombres.

Et Lucien perçoit ce souffle, un fil d'air qui se déplace et dégage un parfum. Un parfum qu'il connaît bien. C'est le parfum de Jeanne. C'est elle qui a tiré.

Jeanne s'engage dans le couloir qui mène à l'escalier. Tout au fond, dans l'ex-salle à manger de l'hôtel, c'est là que la famille l'attend, prête à tout. Si elle en donne l'ordre.

Mais Lola a fait céder la serrure, les filles se sont débâillonnées. La porte s'effondre juste au passage de Jeanne, Jeanne Labrume qui se dégage du choc et se projette de l'autre côté.

Alors Jeanne court, court. Elle court tout le long de cet interminable couloir. Elle appelle la famille, elle appelle la race, elle appelle au secours.

Lola et la stagiaire rejoignent le hall d'entrée. Un vieux tapis usé aux couleurs passées, confondues de poussière. Les filles y découvrent les deux corps inertes. Deux visages sans vie.

Lola Lol se décompose. C'est comme si son sang, ses tripes, son cœur, son sexe se vidaient d'elle.

Le visage de Soumeya, ce filet de sang, son corps effacé de la vie.

Lola se pose à terre, juste à côté du cadavre. Doucement elle en frôle l'épiderme et puis se saisit de sa main. Elle approche son visage de celui de la morte, ses lèvres de son oreille. Elle lui murmure un souffle et puis un air, un air qu'elle connaît bien, c'est leur histoire à elles.

You're the prettiest thing I've ever seen ...

À ses côtés, inanimé, le corps de FilOne.

Lola saisit sa main, à lui aussi. Et elle reste comme ça. Courbée, prostrée, ses deux mains accrochées à chacune des victimes.

Le cœur, des fois, ça fait un drôle de son. Bam, bam, bam, bam. Soumeya, FilOne. Le dernier acte. Évaporés.

Dans la salle à manger, la famille attend l'ordre de Jeanne Labrume. Il y a un grand placard, une deuxième réserve, et sa porte tambourine. Kevin et le commissaire sont enfermés depuis vingt minutes, capturés par Henri et quatre membres de la famille. Ils sont retenus ici, des otages, forçant, forçant sur le verrou qui ne veut pas céder.

Coup de théâtre : c'est Lucien qui leur ouvre la porte et les libère. Il a titubé jusque-là, finalement dégoûté du monde, désespéré de l'humain, traître à toutes les causes.

Ses yeux rencontrent ceux de Kevin. Il y a de la naïveté, de l'étonnement dans leur regard. Les deux garçons ne savent plus ce qui est arrivé, qui ils sont, qui est l'autre.

Ils ne savent même plus s'ils reconnaissent leur propre visage, si familier et si lointain. Ils se dévisagent comme s'ils se demandaient : *Et toi, est-ce que tu es vraiment toi ?*

Père Jean observe le revolver. Le suicide lui est interdit. Un jet de pisse inonde sa jambe et son bassin.

Jeanne a stoppé la famille armée qui descendait l'escalier.

Elle a simplement dit :

– Il n'y a plus rien à faire. Nous sommes finis. Tout est fini.

Un bref instant, le portable du commissaire a pu se connecter. Des renforts policiers arrivent enfin, on les entend.

Monsieur et madame de Lucie n'en croient pas leurs yeux. La fin, vraiment ? Un dernier regard : les deux se sont compris. Le couple, non sans difficulté, arrive à enjamber la rampe. Et ils se jettent dans le vide.

Les corps s'écrasent au beau milieu du hall, éclaboussant d'un jet de sang les membres de la famille atterrée.

Le commissaire découvre Lola Lol, cassée et recueillie, et puis FilOne, et... Soumeya. Il se penche vers elle, et il se penche vers eux. Il leur dit des choses, des choses du cœur. *A prettiest thing*. Il remercie Soumeya, le commissaire la remercie de lui avoir insufflé tant et tant de vie. Quel paradoxe... Face à la mort, remercier la vie.

Le commissaire retrouve sa stagiaire, choquée, tremblante. Il la prend dans ses bras et la serre contre lui.

Tout est figé, silencieux. Une chose est sûre, demain sera un autre jour. Un jour de vide, d'absence. Un jour de deuil.

Une chose est sûre. Demain est un jour gris.

ÉPILOGUE

« La volonté, la lutte. Tout est là. Résignés ? Non, jamais. Nous sommes en guerre, c'est un constat. Une guerre secrète. Une reconquête. La soif de vaincre, c'est ce qui nous habite. C'est ce qui nous habite et c'est ce qui nous a toujours guidés. »

Tapie au fond de sa cellule, Jeanne Labrume ressasse les mots qu'elle proférait encore hier :

– La mer, c'est un ailleurs. Un incroyable horizon. L'océan a cette force inouïe. Il résiste à tout. On ne peut pas oublier l'océan.

L'horizon, son horizon ? Quel horizon ici ? Un lavabo, un lit, une petite table, un tabouret. Quatre murs, surtout. Un plafond, une porte fermée, et bien fermée. Un fond sonore obsédant, l'écho troublé et sourd des autres cellules.

Et cette mélopée qui ne la quitte plus jamais. Cette voix, cette chanson :

For we're like creatures
of the wind
And wild is the wind

Comme la feuille suspendue à l'arbre
Nous sommes deux êtres au gré du vent
Un vent libre et violent

Le matin, le soir, la nuit. Elle résonne dans un coin de la cellule, puis dans un autre. La chanson se balade, elle plane, se faufile. Parfois elle surgit du sol. Elle bouge, oui. Mais elle est toujours là.

Les dents serrées, mâchoire crispée, poings tendus, Jeanne Labrume fulmine. *C'est donc ainsi, c'est comme ça… C'est comme ça que cette garce de négresse se venge.*

Tapie au fond de la cellule. Les minutes, les heures, les années passent. Éternelle, implacable, la voix est là. Elle est là et elle chante.

Jeanne Labrume est une femme hantée.

Table des matières

Partie 1
Puzzle 5

Partie 2
Bang Bang 105

Partie 3
Power 131

Partie 4
Action 163

Partie 5
Pour la vie 207

Partie 6
Pantomime 233

Épilogue 250

Chaque livre publié par MultiKulti Éditions
est un livre augmenté.

AVEC CE QR CODE,

RETROUVEZ

Un entretien avec Tristan Boursier,
doctorant en théorie politique et politique comparée,
spécialiste des extrêmes-droites.

ÉCOUTEZ

***Prettiest Thing*, repris par Marc Chebsun**
« Prettiest Thing »
Paroles et Musique : Susan Ballion / Peter Clarke

Adaptation : Marc Chebsun, Ulrich « Yul » Edorh et Uli Walters.
Vocaux : Marc Chebsun. Saxophone, flûte et instrumentaux :
Uli Walters. Prise de son : Ulrich « Yul » Edorh.
Enregistrement : Studio Da Town, Marseille.

RAP AU VIF
Soufyan Heutte
Octobre 2024

SUR LES POINTES
Marie Vanaret
Novembre 2024

100 % INCLUSIF
sous la direction de Florian Dacheux
Octobre 2025

MULTIKULTI ÉDITIONS

Cette collection sociétale crée un espace dédié
aux tensions sociales, raciales, religieuses,
liées aux genres, aux modes de vie, aux normes.

DES FICTIONS PERCUTANTES, propulsant des
personnages, des imaginaires, des histoires qui
se saisissent de ces tensions.

DES ENQUÊTES JOURNALISTIQUES
qui apportent un éclairage engagé sur nos pluralités,
à partir d'un angle assumé, tout en étant
rassembleur – c'est à dire à l'écoute de différents
points de vue.

Conseillère éditoriale : Catherine Argand
Direction : Zaia Khennouf
Multikulti196@gmail.com
www.multikulti.fr

L'auteur remercie
Maître Juan Carlos Zamdoui pour ses conseils
Tristan Boursier pour ses recherches
Plume Naturelle pour son haïku
Laurent Duret, toujours là
Anne Vanaret, œil de lynx.

Composition : Off graphisme

Imprimé en France par Aubin
N° d'imprimeur : 2406.0115
Dépôt légal : novembre 2024

Certifié PEFC
Ce produit est issu de forêts gérées durablement et de sources contrôlées
PEFC
10-31-1601
www.pefc-france.org